我们终将孤独地长大

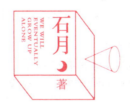

石月 著

WE WILL
EVENTUALLY
GROW UP
ALONE

百花洲文艺出版社
BAIHUAZHOU LITERATURE AND ART PRESS

图书在版编目（CIP）数据

我们终将孤独地长大 / 石月著 . — 南昌：百花洲
文艺出版社，2020.1
ISBN 978-7-5500-3494-5

Ⅰ．①我… Ⅱ．①石… Ⅲ．①散文集－中国－当代
Ⅳ．① I267

中国版本图书馆 CIP 数据核字 (2019) 第 272994 号

我们终将孤独地长大

石月　著

出 版 人	章华荣	
策划编辑	曹福双	
责任编辑	杨　旭　刘玉芳	
封面设计	肖　杰	
出版发行	百花洲文艺出版社	
社　　址	南昌市红谷滩新区世贸路 898 号博能中心 A 座 20 楼	
邮　　编	330038	
经　　销	全国新华书店	
印　　刷	香河利华文化发展有限公司	
开　　本	880mm×1230mm　　1/32	
印　　张	9.25	
版　　次	2020 年 5 月第 1 版	
印　　次	2020 年 5 月第 1 次印刷	
字　　数	130 千字	
书　　号	ISBN 978-7-5500-3494-5	
定　　价	42.00 元	

赣版权登字 05-2019-395

邮购联系　0791-86895108
网　　址　http://www.bhzwy.com
图书若有印装错误，影响阅读，可向承印厂联系调换。

吹起一阵小凉风

其实写作并非我的理想，只是在我十几岁的时候，全世界都在否定我，连同否定了我当时所写的文字，于是我暗暗下决心，要扳回一局。因此，我非常重视获得出版这本书的机会。我无数次写，又无数次推翻，反反复复浪费了好几个月。

我好沮丧，总是这样，大好的机会摆在我手边，我颤颤巍巍，让它溜走了。

重读了几遍之前的文章，我打算豁出去了，将最真实的自己写出来。就这样，我闷着头写了一周，平均一天一万多字，不回头看，也不修改重读，更不管写出来的东西是什么样，总之就闭着眼写，以冲刺的姿态，写完这本书。

交稿之后几个月我都不敢去想这件事，觉得一定是又把一切给搞砸了。

最近，我鼓起勇气从头到尾把这些文字重读了一遍，其间大哭了好几场。

时隔几个月再看，突然发觉不太像是我写的东西，就好像写这些东西的时候我掉进了被架空的宇宙，再看时，突然感受到了一种惊人的真实。

二十四岁半，住在徐汇区一个四十平方米的小房子里，做着编辑的工作，不断减肥不断失败，常常反省然后继续装傻，心里有很多不甘，不断地为过去的事情流泪。

过了几个月，很多话我就不能认同，想要反驳当时的自己了。

2019 年年初，我情绪不对劲，医生给我开了一些草酸艾司。

我问了一些吃这个药的人，他们说，吃了会胖。

于是我很害怕，吃了几天就停了药。

小半年过去了，我越来越疯狂，总是在半夜一个鲤鱼打挺从床上坐起来痛哭，有时候甚至会坐在办公室里当着同事的面突然哭起来，把所有的人一一细数，挨个痛恨一遍，说一些偏激的话，却做不出害人的事，于是就一拳一拳地捶打自己。

后来在一个高温的中午，我买了一条装饰用的细绳，上面嵌满了嫩绿色的树叶。

即使是假的树叶，也让我觉得绿意盎然、生机勃勃，这是很好的象征，我觉得我该用它上吊。实际上在此之前我一直不断了解与上吊相关的知识，查阅了上吊的人到底死于什么，却不小心看到了另一种说法。是说，在所有死去的方式里，上吊是最反宗教的，它是对生命的亵渎和不忠。

后来，我又去了医院。

这一次医生在草酸艾司的基础上又给我加了一种名叫丙戊酸镁的药。

我查了一下，这个新药主要是治疗癫痫，也用于治疗双向情感障碍的狂躁。

吃这个药更容易发胖，我问了很多人，他们有的两个月胖了二十斤，有的半年胖了四十斤。吓得我差点把药翻出来扔掉。

打电话给医生，医生说，不同的人不同反应，还有人吃了会瘦呢。

于是我欢天喜地，把药给吃了。

之后大睡一场，有点恶心反胃，但更多的是体验了从未有过的心如止水，懒得说话，懒得解释，对于任何问题都只从嗓子眼里挤出一个"嗯"。

暂时不恨了，但也不快乐，只是轻飘飘的，像一朵没有表情的云。

也许，这些都是好事。

我很希望自己成为心如止水、无欲无求的那类人，永远波澜不惊，沉迷于鸡零狗碎，只是专心致志地生活而已。

现在我在药物作用下也成为了这样的人。

某种程度上也是一种"变好"。

事实上一切都在变好。

写这本书的时候，我已经开始研究整容的事情。

我不够好看，可又不是脸上出了什么大差错的人，去看过几个医生，他们的建议都是不必再开刀了。

后来我系统地研究了一下美貌这回事，发现了我的症结所在，是牙齿。

我虽然牙齿整齐，可是牙槽骨比较突出，又赶上嘴唇也比较厚，所以整个人看起来一直噘着嘴，傻憨憨的。

于是我决定去戴牙套，再拔四颗牙，把它们整体向后移动。

一个美貌的女孩正在诞生。

书里提到很多人和事，目前都有了新的进展。

文章里提到过一个同事，中分女孩，粗茶淡饭，当时我还没跟她讲过话，后来她到荷兰去读博士了，我们聊了一次天。

我问她，博士毕业都要三十岁了，你害怕不如同龄人有钱吗？

她说，该有的都会有，只是首先要知道眼下要什么。

那天晚上下着雨，我突然被她击中，原来长久以来掉入旋涡的人是我，我只想赢，却不知道"赢"是什么。

在这本书的后记里，我给十年后的自己写了一封信——就像十年前那样。

信里对未来的自己最重要的要求大概就是越来越美。

时间真的一刻也不停，现在的我已在去接收这封信的路上。

我很喜欢喜鹊这种鸟，上天入地，而且不受地域限制，喜鹊是很厉害的一种鸟，生命力顽强，几乎全世界有陆地的地方就有喜鹊。虽然不受限，可它们却很世俗，爱热闹，喜欢住在民居附近的树上，在近处悄悄地瞧着人们，看到一个沮丧的，它就扑棱翅膀飞出来亮个相，于是沮丧的人就变得不沮丧了，毫无科学依据地相信，好事临头了！

《我们终将孤独地长大》写于风越变越热的春夏之交，就像文字中不经意间流露出的情绪。逐渐长大的这些年里，我逐渐燥热，与自己分离。文章写完，凉风吹过，周身舒爽，原来是它整理了我的过去和未来。一愿，我能在未来时时捕捉偶尔吹来的凉风；二愿它成为读者们的小凉风，提神醒脑抗疲劳。

让我们一起画鹊为喜，咱们年年好丰！

目 录

Contents

我 们 终 将
孤独地长大

第一辑

被时光
修正的自己 ◀

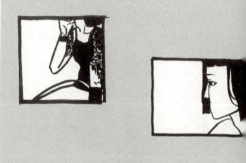

往回看，风驰电掣；往前看，指日可待。

——王朔

我问你要去向何方，你指着大海的方向

关于姥姥的故事，我听过很多个版本。

姥姥总共结过三次婚，那个年代，她学地质，走南闯北，最大的爱好是从各地的大山里捡各种各样的石头回来。姥姥是北方人，第一次结婚嫁到了上海。据说，当初她和那个上海男人离婚的时候还大着肚子，肚子里怀的就是我妈。后来她没有再生过孩子。

姥姥的第一次婚姻终结的原因，总结起来大概就是那句已经被现在的文艺青年用烂的句子——这不是我想要的生活。

二十世纪六十年代，姥姥离婚后从上海跑到了重庆。至于去重庆的原因，现在已经没有人能说得清了。总之，我妈是在重庆出生的，并且在出生后就被姥姥送给一个朋友"暂时保管"，一保管就是三年。据我妈回忆，她的童年一直分不清谁是亲妈，同时还不会说普通话，被重庆人带了三年，她只会说重庆话。

　　后来，姥姥因为要离开重庆去天津，才从朋友手里把我妈要回来自己养。母女生分，再加上姥姥一到天津就又结婚了，直到后来我出生，我妈都十分怨恨姥姥。

　　我妈说，她印象最深的是，七岁的时候，每天放学回家后都要第一时间烧水做饭，然后摆盘上桌，等待姥姥吃饭。那时候她还没有灶台高——姥姥是绝不干活儿的，她一点儿家务都不会做。这一点我可以证明，因为她到老都是这样。

　　在我妈的少女时代，姥姥又离婚了。没有人知道姥姥的第二次婚姻是如何走向终结的。每次离婚，姥姥都会换个城市生活，于是她带着我妈继续北上，跑到了北京。

前几天，我妈给我讲了一个以前从没讲过的故事。

那时候，她们母女二人搬到北京生活，姥姥每天除了地质考察，就是遍寻上海男人的联系方式和地址。后来两个人取得了联系，姥姥就把我妈的照片寄给上海男人看，甚至还专门找来录音设备，让我妈朗读一些诗歌，再把那些录音都寄给上海男人。我妈说，那些诗歌有些是大家作品，有些是姥姥自己写的掺在里面。

讲这个故事的时候，我妈说，姥姥是后悔离婚了，所以才会重新去联系那个上海男人，可惜的是，那时候上海男人已经再婚了，而且还有了一双儿女。

我说，折腾了半辈子，难受的怕不只姥姥一个人。

听了我的话，我妈突然怔了一下，然后告诉我，她想起来了，上海男人后来再婚生下的一双儿女，一个名叫大华，另一个名叫小华，而姥姥的名字就是华。

在那之后，姥姥又结婚了。姥姥第三次结婚后不久，我妈嫁给了我爸，那时候我妈才二十一岁。按她的话说，她迫不及待地早早嫁人，就是为了离开姥姥，让自己真正有个家。

后来，我出生了。姥姥不知道什么时候学了《周易》，在我出生后，姥姥掐指一算，说我火命，五行缺水，于是给我取了个小名，叫淼淼，还顺便拟出一个大名，叫雨芊。她说女孩子该像雨像河，该清凉茂密，该沐风盛放。

也是在我出生的那一年，姥姥第三次离婚，原因依然不详。这次离婚后，姥姥没有再结婚，可能是因为她知道自己老了。但即便这样，在后来的日子里，她也还是在不断地谈恋爱。

大概就是前年吧，姥姥住在养老院里，糖尿病导致她的左眼失明，体重严重超标，行动也不方便。在这样的情况下，姥姥还做了一件惊天动地的大事，吓得养老院差点儿把她开除——她和隔壁的老头在散步的时候看上了一辆停在院门口的摩托车，姥姥说，喜欢就要得到，于是撬了锁，偷了车，并骑着一路狂飙，却在经过一条火车轨道的时候被绊倒，连人带车摔在了火车道上。

因为这件事，她住了几天医院。由于磕了脑袋，她还糊涂了几天。那几天，她谁都不认识，唯独认识那个老头。出院以后，姥姥常常被人们看到和那个老头手牵手在阳光里散步、浇花——她又恋爱了。

我渐渐地长大，也开始了走南闯北。我妈常常担心，她说，一个人的身体里总会有前人的血液，她很怕我像姥姥一样。我总说，姥姥绝对是一位高龄朋克，我相信她对所有人都一片赤诚。每次说到这里，我妈就忧心忡忡，打断我的话，她说，可是没有一个人爱她。

这导致很长一段时间我都担心自己变成被嫌弃的松子——只有打碎自己才能填补心里巨大的空洞。

再后来，姥姥患上了白内障，同时又得了阿尔茨海默病。上次见她的时候，她剪了很短很短的短发，头发和眼眸都是很闪亮的银色，非常好看。

见到我的时候，姥姥拉着我的手聊天，给我讲那些年天南海北的奇闻。讲到最后，她看着我问："结婚了吗，小莉？"

小莉是我妈的名字。除了小莉，那时候姥姥已经喊不出任何人的名字了。

很奇怪姥姥怎么会给我妈取这样的名字，大名樨，樨是桂花的意思，小名小莉，全是花，而且全是很好闻的花朵。可轮到我的时候，就是淼淼和雨芊，变成了雨露和草木。

在那之后，我甚至有些生我妈的气——听了二十几年姥姥的故事，听她讲述了无数遍自己没有母爱的童年，可是最后，姥姥怎么会只记得小莉呢？

后来，我就不怪我妈了。

我想，不是姥姥不爱她，也不是她不爱姥姥，而是姥姥不允许自己的爱被任何人感知，也不接受任何人对她爱的索求。这样她才能觉得自己是轻松的，是可以拔腿就走的，才可以了无牵绊。

就在我妈生日的第二天，我生日的前一天，10月9日，我接到家里的电话，说姥姥突然去世了。

据说，姥姥之前还好好的，只是那几天不乐意吃饭。那天中午，我妈还在说，准备将煮好的粥送去给姥姥喝，结果晚上姥姥就不行了，搞得所有人都措手不及。

接到家里电话的时候，我还在宜家抱着两个毛绒玩具准备结账。电话挂断后，不知道为什么，我突然很高兴，然后莫名其妙地开始哼唱《花房姑娘》，一遍一遍地唱，从宜家一路唱到家。出租车司机听我唱歌，还回头问我，怎么这么高兴啊？

那天晚上，我在房间里反复听这首歌，从一开始高兴地边听边唱、边唱边跳，到后来边唱边哭、边哭边笑——我慢慢反应过来，姥姥去世了。

我打电话给我妈，说我突然很难过，但不知道为什么一直在唱《花房姑娘》。

妈妈说，姥姥去世前一天突然和她提到，要走的话一定说走就走，绝不拖沓，还有就是，真走了的话，要海葬。

"她一辈子要强，言出必行，真的是拔腿就走。"我妈说。

后来，我又听了一遍《花房姑娘》。

"我独自走过你身旁，并没有话要对你讲……你问我要去向何方，我指着大海的方向……你要我留在这地方，你要我和它们一样，我看着你默默地说，噢，不能这样……"

生命中不能承受之轻

我从来没有被爱过。

记忆里的童年总是在坐过山车。

我是独生女，父母对我非常好，到了溺爱的程度。

我妈经常说："我有的、没有的，全是你的。"有的、没有的全都给我，这可不是白给。虽然他们至今都觉得不图我什么，只有奉献而已，但是他们到现在都没想通，有的、没有的全给我，这就意味着做得到的、做不到的，我都得做到。

所以，我总是在坐过山车，一会儿被捧在手心举到天上，一会儿又被按在地上拳打脚踢。

这就是小孩和家长之间施舍与回报的关系。

掏空左右地施舍，这让我的父母变得歇斯底里。

一方面他们把一切动作都美化为"奉献"并忙于自我感动，另一方面他们对我是个投资回报率不高的孩子这一事实感到失望。一来一去，日子久了，他们就失衡了，表现为持续不断地打我，口不择言地骂我。

小时候家里住四合院，隔壁的男孩沉默寡言、品学兼优，而我却奸懒馋滑、不学无术。每天放学后，我最大的愿望就是听到隔壁男孩挨打的哭声。我天天挨打，隔壁男孩天天不挨打，于是我猜这个院子里应该每天都只有一个挨打名额。

所以每天放学后，我都竖着耳朵等隔壁的哭声，越晚越焦躁，待我爸的巴掌猝不及防地落在我脸上的时候反而就好了——今日的挨打名额用完了。

我记得特别清楚，有一天隔壁男孩偷偷去网吧，被他奶奶抓了现行，放学一进家就挨了一顿胖揍。那时候我也刚进家，一只脚将将踏入家门就听见隔壁传来哭声。心想：今晚挨打名额已被用完。

那天晚上我没挨揍。

有段日子我爸好像仕途不顺，控制不住情绪，于是那段日子我家就有了固定节目——每天午饭前打我一顿。

我爸情绪不高就打我，我挨了打情绪也不高；我情绪不高就不想学习，我不学习就又得挨打。

那段时间老师还特别爱叫我家长。被叫了家长，我爸妈觉得丢人，他们的情绪摁不住，有时候会在学校的楼道里直接打我。

所以，我发了誓，以后绝不当众殴打我的孩子。

当众挨打的伤害太大了，让我变得自尊心非常脆弱。周围可都是同学、老师这些朝夕相处的人，他们看着你被按在地上，被打得屁滚尿流，第二天你还要装成没事儿人似的跟人家嘻嘻哈哈。真的，够够的。

有一回我数学考了 47 分，我妈在菜市场门口抽了我几个大耳光。我挨打挨习惯了，也不臊得慌，也不难过，厚着脸皮没当回事儿。

老师要求家长在卷子上面签字，我妈签了句："人活脸，树活皮，我们孩子没救了。"

别人的家长都是淡淡地写个"阅"字，有什么话要么跟孩子当面解决，要么跟老师直接沟通。就我爸妈，每次签字都要签满一张纸，长篇大论地抒发对我的失望，再对老师疯狂表忠心，最后为了显示决心还要写上"希望老师不要手软，该打就打"之类的话。

"人活脸，树活皮"那次签字，是字数最少的一次。

自习课上，老师翻看家长签字。我特别紧张，一直翻着眼皮瞄老师，结果瞄到老师扑哧一乐，我知道大事不好了。

老师笑着说："咱们班某些人，已经把家长逼疯了。"然后她念出了"人活脸，树活皮"这句签字。同学们哄堂大笑。为了不让别人怀疑是我，我也跟着笑了半天。

那天之后，我再也听不得"某些人"这种含沙射影的说法，总觉得想吐，生理上的。

长大后的这些年里，我总是不能融入人群，总觉得暗中有那么几双眼睛盯着我，等着看我的烂笑话。我是注定被人戳着脊梁骨愚弄的笑料，总会在一个未知的地方有一场哄堂大笑等着我。

也可能是我想多了。

或许人们都很善良，不是来看笑话的，他们是发自内心的同情我。

我有个小学同学，姓钱。当时我俩特别好，每天放学一块儿走，先到她家，在门口聊一会儿，我再回家。

因为我放学不直接回家这事儿，我爸妈打过我、骂过我，但我就是忍不住，走到那儿了就想聊聊。尤其小钱还特爱拽我上她家去，再加上她家有一大堆正版芭比，我心驰神往，经不住诱惑。

一天中午，我又没扛住诱惑，跟着小钱进了小区。结果没走几步，就听见背后一声怒吼，喊着我的名字。

一回头，是我爸，手里还拿了把长柄雨伞。

我爸过来用雨伞揍了我一顿，把我拎起来拽出了小区。小钱就在后面看着，应该是原地看了有一阵儿，这一点我记不清了，当时我太害臊了，没敢往后看。

回家后，我爸把这事儿当笑话讲给我妈听，说他一直跟踪我，看我走到小钱家门口的时候就重点观察了，结果我果然又要去人家家里玩儿，可算是逮着我现行了。讲到最后拿雨伞打我时的情景，我爸补了句："小钱在后边看着，那眼神儿，特恐惧，特同情。"

要不是我爸最后补的这句，我也不至于把这事儿记将近二十年。

从那以后，我就不跟小钱好了。我一直脑补那个"特同情"的眼神儿，为这眼神儿我不允许自己再跟她玩儿了。

我的自尊心在两极，一个南极一个北极，一件不值一提的小事儿我能觉得特别屈辱，铭记个几年、十几年的；但是别人眼里那些特别伤自尊的事儿在我眼里反而都不是事儿，侮辱、谩骂、贬低、诋毁，这些我全能接受，我就是听着这些话长大的。

我爸最爱说我"废物典型""社会败类""早晚得进少管所，进不了少管所也得被警察枪毙"。这导致我至今不敢看警察。我坐车，后面要是跟辆警车，我能吓死，总觉得人家是来抓我的；看见警车，我就得回忆自己是不是犯过什么事儿但不记得了。我还常想，一旦蹲了监狱，我做什么才能让那几年不虚度，手铐戴起来会不会特别硌肉。反正特别细致，好像我注定得蹲监狱似的。

前段日子，在家门口被露阴癖堵了门，我跑去派出所报案。跟警察说了一半，我突然变得特别心慌，总觉得别我报案的事儿没查明白，再把我抓进去，毕竟我也不是什么好人。于是大概描述了一下事情经过就赶紧跑了。

可跑出派出所我又清醒了，反复回忆，我也没干过什么违法乱纪的事儿。

好荒唐，可是能怎么办呢？像一句预言一样，永远盘旋在我的头顶——"早晚蹲监狱，早晚被枪毙"。

　　我太害怕了，太想当好人了。

　　之前跟我男朋友聊天，他问我从小到大听过的最伤人的话是什么。

　　我想不出来，太多了。最脏、最恶毒的话全是跟我小学班主任和我爸学的。

　　我男朋友说，他听过的最伤人的一句话是他爸说的"你这个骗子"。

　　那时候他逃课出去玩儿，被老师发现并叫了家长。他爸从老师办公室里走出来，点了根烟看着窗外，说了那句"你这个骗子"。他感觉受到重重一击，再没有比这更让人伤心的语言了。

　　我听完，拍着他的肩膀哈哈大笑。这也算伤人？这种话连我汗毛都吓不着。

　　笑完之后我又好难过，心想，也许这就是人与人之间的差别吧。

我总爱找碴儿跟男朋友吵架，可他每次都会在我污言秽语说了一箩筐之后满脸不可思议地问我："你为什么能对一个爱你的人说出这样的话？"

接着就轮到我震惊。

我们就这样哑口无言对峙，我觉得好羞愧、好懊悔，可我能找到借口——这不是我的错，因为爱我的人就是这么对我说话的。

和男朋友一起，我们还聊过"关于童年印象最深的画面"这一话题。

男朋友提供了一个非常浪漫的画面，好像岩井俊二或是枝裕和拍的日本电影——村子里，爷爷骑着带前杠的大自行车带着他，后面是自家养的小黄狗在跟着跑，远处有河、有山、有农田。

我也想了一下我印象最深的童年画面。

有两个，两个还都是下跪的画面。

一个是我跪在卧室的床前，床上的床单上画了朵有五片花瓣的小花，每片花瓣颜色各不相同。另一个画面是我奶奶站在书桌前，打我，叫我跪下；那时我爸也从房间里走出来，把我按在地上跪着；我妈哭着跑出家门。

　　第一个画面，跪在画有小花的床前是小学的时候，大概是因为没考好或者是没写作业而受了惩罚——跪到天黑，再写一份忏悔书贴在墙上。后来，到我家来玩儿的小孩都会爬上沙发，把我的忏悔书朗读一遍。

　　另一个画面，发生在某一年的 1 月 8 日，如果没记错，那一年应该是 2008 年。

　　2008 年是个好年，北京办奥运会，大喜事。为了庆祝这个，我姑姑在元旦那天请全家人一起吃团圆饭。

　　我嘴欠，爱开玩笑，看见好吃的、好喝的，心情一好就忘乎所以，抱住奶奶说了句"老太太，新年快乐啊"。

　　奶奶当时没发作，那天我们开开心心地散了场。可是事情过去好几天，1 月 8 日的晚上，我奶奶突然跑到我家来了。她进屋就哭，边哭边打我，说我元旦那天管她叫"老太太"，丫鬟才叫"老太太"，她认定我把她当丫鬟了，大不孝。连哭带打的，非叫我下跪认错。

我完全不明所以，事情已经过去很多天了，再说叫"老太太"也是我高兴了，没什么含义的，最多算是个爱称。我当然不跪，我又没错。可这时候我爸出来了，跟我奶奶一起打我，说我不孝顺，不尊重奶奶。他们一起把我打跪了。

我妈在家没什么地位，她因为来自单亲家庭又是个工人，所以一直受我爸压制。我爸打心眼儿里瞧不起她。看到我被人因为莫须有的罪名连打带骂，自己拦不住，老公也不做主，我妈就泪奔了，离家出走了一段时间。

后来，我偷看我妈的日记本才知道，那天我奶奶出门找我算账，原本还揣了一把刀，如果我忤逆，她就砍死我。不过带刀出门走了没多远，奶奶又觉得不合适，才回去把刀放下。

不知道我算不算是捡回了一条命。

这就是我的童年印象了，由于过于魔幻又过于真实，它们在我脑海里从来没有变淡过，我越记越清楚。这么多年了，我一直试图理解他们叫我下跪的意图，但我做不到，我始终理解不了。我所能想到的原因只有：他们希望我服从、温驯，像一条不出声的狗一样，指哪儿打哪儿，听令行事。

在那时候的他们眼里，服从他们比什么都重要，甚至比我的尊严都重要，比一个女孩子的膝盖还要重要。

下跪也是有后遗症的。

我的初恋发生在十七岁，持续了两年。初恋对象一直不怎么喜欢我，他喜欢另一个女生，只是将就着跟我在一起。后来临近高中毕业的时候，男孩劈腿了。我非常茫然，人生中第一次面对这样的伤害，不知道该怎么办。

于是我就跪下了。

跪在地上的第一秒我就觉得好荒唐，这是在做什么，可还是跪了。

事情过去六七年了，想起那一跪，我还是觉得好丢人。

我也想了好多年，那时候下跪到底是为什么。只有一个答案，我的经验告诉我，爱我的人要求我顺从。那么是不是只要我顺从，我就能够被爱？而据我所知，下跪是渴望顺从的人们最希望看到的表达方式。

　　好悲哀。

　　爱自己，尊重自己，这话我已经听腻了，我做不到。

　　于是，我开始谁都不爱、不尊重了，我忤逆一切，跟全世界对着干，没规矩，不顺从，这让我感受到莫大的光荣。

　　与此同时，辜负别人对我的好意也让我觉得自由，或者说直到现在我都不相信有谁是真的爱我的，他们一定另有所图，一切好意下面都暗藏玄机。因此，早早把所有善意打碎，倒是令我轻松畅快。

　　我知道的，我不是一个快乐的人，永远都不会是，甚至我穷尽一生都不能够体验真正的幸福是什么滋味，就像《你能原谅我吗》里面梅丽莎饰演的穷困老作家一样，一生辛酸，与猫做伴；也可能会像《被嫌弃的松子的一生》里的中谷美纪一样，独自衰老、发胖，把自己关在一间屋子里，和日积月累的垃圾生活在一起，成了一个疯疯癫癫且浑身冒着臭气的老太太。

也许我以后的日子会跟她们一样，如果我一直像现在这样生活的话。

眼看就要过上悲惨人生了，我很多次都会想要怪罪我的父母。

每次我听到其他女孩说自己从没挨过打的时候，看到有女孩子跟父母关系好到腻人的时候，还有听到我男朋友关于童年的描述的时候，我都会觉得特别心酸。

我原本也可以是一个可爱甜蜜的幸福女孩，听着温柔的词汇长大，习惯被心疼、被理解、被照顾，在无数明晃晃的爱里慢慢成为自己。

可如今我尖酸刻薄、戾气逼人，不招人待见也不待见别人，好不容易有人待见，我又迫不及待想要毁掉。一点点好的东西我都承受不来，似乎只有跟尖刻刺耳、邪恶肮脏的一切待在一起的时候，我才舒服自在，我才是我。

但这一切，好像并不怪我。

我非常想怪在他们头上。

可当我挽起袖管准备好好清算的时候，他们突然变了。

这些年我看在眼里，他们纷纷以最快的速度从说一不二、不容反驳的大家长，变成了抹着眼泪求我回家的小可怜。我实在不懂这是为什么，想到现在还是想不明白。

奶奶总会给我打视频电话。电话一接通就看到她在哭，她觉得我辛苦，她心疼我。我感冒了，奶奶每天打一个电话追踪我的恢复情况，特别温柔，让我渐渐觉得自己又变成了被喜欢的孩子。如果不是记忆过于清晰、人证物证俱全，我甚至都要怀疑，2008年那次下跪是不是奶奶逼我的。

我爸也是，没事儿就哭。前几年他心梗了一次，非常危险，之后爱哭的毛病就越来越严重了，还经常给我发类似"闺女，爸想你了"这样的消息。这种消息我看到就倒胃口，真的是倒胃口，浑身难受。我知道他发这样的句子一定是含着眼泪的，我猜得到画面，可就是不能接受。从小到大，他在我心里的形象就像国王一样，高高在上，手里掌握着我的生杀大权。可是如今，这样的人突然丢盔卸甲地冲过来，抱住我，对我说甜言蜜语，我不习惯，也接受不了，更承受不起。

我妈也变了。二十多年都是受压迫的角色，年轻时，老公不做主，岁数大了，亲闺女又不着家，她开始渐渐发作。

我高中毕业那年，我妈为了我报志愿的事情突然给我下跪，管我叫祖宗，让我听她的话。

我大学退学那年，我妈给我发短信说："我求求你了，我给你跪下了。"叫我不要退学。

今年过年，我心情不好身体也不好，病了一场，临走前，我妈哭着给我发消息说："我求求你了，你要是病了我就自杀。"

我已经看惯了。

从来没有人站在对方的角度看问题，每个人都是打着"为你好"的幌子站在自己的位子上全力以赴给自己求个舒服。每个人都是一样的。

就像我妈警告过我的，如果我生病，那么她就自杀。

这个逻辑根本就不是叫我保重身体、保护自己，而是告诉我，不可控的事情发生时，你不要告诉我，因为你来找我，就是要逼死我。

这就是为什么我从来都认为自己没有故乡、没有家，没有支撑、没有依靠……没有，什么都没有。他们一边说着爱我，一边把我推向越来越远的地方。

也因此，我跟别的孩子不一样。无论多么艰难的事情发生，我即使不寻求他们的帮助，也可以找到解决的办法。自尊感低，让我的底线也很低。着急起来，丢人现眼、低三下四对我来说都不算什么——我总是在最低处找到回旋的余地。

有时候又觉得挺好，这也都归功于他们的锻炼。

可有时候又觉得自己过于激进，把所有的责任都推给了他们。

《马男波杰克》里有句话我深以为然，大概意思是：事到如今，你变成了现在这个样子，这不是因为喝酒嗑药，也不是因为那些发生在你身上的破事，更不是因为你的家庭、你的童年，而是因为你，就是因为你而已。

我想不通，这么多辛酸苦楚，到底是谁的过？

可是不管怎样，现在我不论何时何地，只要想起他们，就非常难过。

王朔在《致女儿书》里写道："我不记得爱过自己的父母。小的时候是怕他们，大一点儿开始烦他们，再后来是针尖对麦芒，见面就吵；再后来是瞧不上他们，躲着他们，一方面觉得对他们有责任，应该对他们好一点，但就是做不出来，装都装不出来；再后来，一想起他们就心里难过。"

可也是这本书，王朔写到了自己的女儿，画风就变成了这样："我迎着阳光眯起眼睛，喃喃自语，'真想为了扣子跟谁拼了'。"

后来我总想，也许就是网上那句很流行的话吧：父母也是第一次当父母。

我的父母1989年结婚，他们带着各自未解决的问题走到了一起。

我妈生长在单亲家庭里，姥姥肚子里怀着她跟我亲姥爷离婚，后来在重庆把我妈生下来之后，就一个人跑到别的城市去闯荡事业了。母女俩再见面的时候，我妈已经三四岁了，而姥姥也已经再次结婚了。

我妈是被欺负着长大的。

回忆起来她说，姥姥的第二任丈夫有七八个孩子，都比我妈大，他们没事就打她，平时有好吃的，也轮不到她吃，唯一能吃肉的机会，就是在继父看电视的时候——继父吃瘦肉，肥肉随手拿给我妈吃，我妈吃一半，剩下的分给狗吃。

我妈第一次见亲爹，是在2007年，我小学毕业全家来上海旅游的时候。那时候我妈已经三十九岁了。与亲爹见面之前，我妈在酒店附近的小卖部里给他打了通电话，开头她说"您好"。挂了电话她就大哭一场。

当时我很茫然，理解不了为什么跟亲爹说话要以"您好"开头。但长大后回想起那时的画面，我很为妈妈难过。

小时候印象最深的，就是我妈和姥姥之间别扭的关系。

每年大年初二，都是我家最热闹的时候，各路亲戚来电话劝我妈去姥姥家。我妈不接电话，坐在卧室的帘子后面捂着脸哭，哭一阵儿就叫我爸去把电话线拔了。

有时候甚至会有亲戚来我家找我妈，试图当面劝她。我妈就躲在帘子后面假装不在家。

这些事情大概发生在我上幼儿园的时候。那时候我那么小，却也能体会到我妈的难过，以及她心里那个迈不过去的坎儿。

我妈跟我爸相处一年就结婚了，结婚的时候，她才二十一岁。照我妈的话说，她着急结婚就是为了逃离姥姥的那个家。

我妈常说，她受过的委屈绝对不会让我再受一遍。

我小时候家里很穷，洗脸水都是要省的，因此在我们家，三个人洗脸，只用一盆水。

有时候我赖床，起来的时候我妈已经洗过脸了，盆里的水是乳白色的，我就觉得很脏，不愿意用。

我妈说，她理解，因为她小时候也不愿意用姥姥洗过脸的水洗脸，她也觉得脏，但还是得用。

因此，从那以后，我一直都是第一个洗脸的。

我从小没做过家务，这导致我现在动不动就住在"垃圾堆"里。对我来说，物归原处非常困难，我常常对着满地、满桌子的垃圾杂物叉着腰犯愁，根本不知道从何下手。

我妈小的时候是要做家务的，因为姥姥从来不做任何事——不打扫、不做饭，只知道躺着、指挥着，等着吃饭。前面说过，我妈开始做饭的时候，人还没有灶台高。

我妈全部的希望都放在我身上，这我从小就能体会到。

家里穷，我想吃根冰棍儿都得看着天气，渴得不行买瓶矿泉水都觉得浪费钱，不如回家喝。但是学习上，花钱从来都是大把大把的。

我学过水粉、素描、书法、民族舞、拉丁舞，还有萨克斯，当时市面上有的少儿才艺培训班我都上过。一个萨克斯大几千块，我父母给我买起来眼睛都不眨。

送我上课也都是我妈的活儿。

我老家是个风口，一年四季都是大风天，尤其是冬天，大风能把脸刮破，真的是风里有刀子。可我妈一个女人，每天蹬着个自行车驮我去上课，从来没有放松过。

家里穷，我爸不干活儿，拼仕途去挣钱，我不会干活儿，因此活儿全得我妈干。

我们一家人在平房里住了十几年，没有下水道，因此，洗衣服就需要我妈拿一个大盆蹲在院子里，玩儿命搓。脏水桶有两三个，每次洗完一拨衣服，我妈就得拿扁担挑着两个水桶跑到胡同口去倒水。

平房里也没有集中供暖，取暖全靠自家烧炉子。

这些活儿也全是我妈在干。每次买蜂窝煤，卖家都会用卡车送到胡同口，我妈一个人跑出去搬。她有一身儿搬煤专用服装，是不知道从哪儿弄来的红色运动衣，全身会起球的那种，外加一副已经变成黑色的白手套。

码煤，处理碎煤块儿，劈柴，烧火，全是我妈的活儿。

小时候，我觉得那是理所应当的，可长大了，觉得一个女人，尤其是一个漂亮女人，三十来岁的年华怎么能是这个样子——手指很粗、很皱，指甲里不是油渍就是煤灰；一件皮衣能当宝贝似的穿十年；一支口红也能用到过期；力大无穷，脏水、煤筐没有她扛不动的；家务活儿全包；带孩子全包；上班干的也是脏活儿、累活儿。

她是怎么熬过来的。

可是我看她的样子倒不像是在熬，她过得开开心心、有滋有味。

我妈是一个满足点非常低的女人。也就是因为她容易满足，才会跟我爸这样性格的人一起生活这么多年。

我爸是家中次子，正应了那句"老二定论"——"老大宠，老三惯，老二受气倒霉蛋。"

奶奶生了三个孩子，依次是我大爷、我爸和我姑。大爷的性格非常温和，永远笑眯眯的，话很少，印象里他最大的兴趣就是打麻将，别的事儿一概不参与。姑姑是个很有能力的女人，所有的事儿都是她在跑前跑后打理着，照顾奶奶也是姑姑做得最好，家庭聚会也全是姑姑在组织。她能够云淡风轻地把握聚会的节奏，掐准敬酒的时间节点，井井有条，滴水不漏。她在事业上也是一样，是个很厉害的女性。

每次在家庭聚会的饭桌上，我爸都表现得十分抢眼。他常以"我有一个朋友"开头，并且这个朋友一定是个牛人，而提起这个朋友最大的意义在于，这个牛×的人管他叫哥——他习惯性地展示自己，试图把所有视线吸引到自己身上。

招人讨厌的话也都是我爸在讲。

别的家长对孩子讲话都是"祝你越来越好"这样的场面话，只有我爸，端起酒杯就非常认真，对我哥说"抓紧结婚吧"，对我弟说"毕了业能找到工作吗"。只要他发言，饭桌上总会有一两秒转瞬即逝的安静。

他总在比较，这是他使自己获得关注最重要的一个方法。

其实我爸曾是个有才华的年轻人。

年轻的时候，他是全市最潮流的男孩，才华横溢；自学吉他，不久就拿到了非常不错的成绩，算得上是个天才。在那个年代，我爸可以说是"河北费翔"，留披肩长发，戴着蛤蟆镜，穿喇叭裤和尖头皮鞋，摩托车上带着音响，走到哪儿，哪儿就有流行歌曲。他还给当时的明星当过吉他手，过着走穴演出的音乐人生。那时候走在街上，甚至还会有人跟在他身后，怯怯地问他："哥，你是外国人吗？"

后来，我爸在我爷爷的安排下成了公务员，也就放弃了音乐梦想，这一点我至今都没弄清楚是为什么。

即使是放弃了音乐梦想，他依然心高气傲。追他的女孩子不计其数，但我爸一直认为主动爱上他的女人都太轻浮，一个都看不上。我还曾翻到过女孩写给他的情书，情真意切、字字真心，而我爸说，那封信他连回都没回。

心高气傲得时间久了，我爸就错过了结婚的最佳时间，街里街坊开始传言说我爸是同性恋，不然怎么会一直不谈对象。奶奶为了这事儿总哭。

后来，我爸就遇见了我妈。

那天家里停电，奶奶叫人来修，而抢修电路的人就是我妈工厂里的师傅，她带着我妈一起去了奶奶家。

根据我妈的描述，那是一个黄昏，没电，四处昏暗，突然一阵吉他声从远处传来。我妈跟着声音走到了奶奶家门口，看见昏黄的光线下，一个披肩长发的摇滚青年正在拨弄吉他。

这真挺浪漫的。

后来，不得不结婚的我爸和急于逃离原生家庭的我妈就结婚了。即使奶奶嫌弃我妈来自单亲家庭，而且还是个工人，但是能结婚总比不结婚好，两个人就这样在一起了。

关于家庭生活，也有过好的时候，最美妙的一个画面就是我爸弹钢琴的时候。

那时候我爸开琴行，家里买了台钢琴。那天我在写作业，听到屋里传来钢琴声，趴门框上一看，是我爸在弹琴，我妈在唱歌。好幸福！时至今日，我最喜欢的画面都是他们在一起开开心心的样子，但是那里面没有我。

后来我爸就变了。也许自从他发现曾经的音乐年华已经是他人生的高光时刻起，他就变了。

他选择成为机关单位工作人员，职业发展就成了不断往上爬，从职员到科长，再到主任之类的，这里面的门道我不太懂，但我爸一直走得不顺。

职位爬不上去，家里也没钱，日子紧巴巴的，别人都住进了楼房，而我家还住在小小的平房里，过着铲煤烧炉子的日子。

我爸也觉得绝望，郁郁不得志。

后来，我妈告诉我，有段时间，我爸每天都不起床，不停地睡觉，好不容易起来一次，遇见家里电灯泡坏了，我爸就说，不想活了，死了算了。

现在想来，我能理解为什么后来我爸变成了这样。一个心高气傲的男人，早早意识到自己的人生高光已降临并且错过，没有什么比这更残酷的了。

后来的事情就是我前面说过的。

他不断地要求我，但要求我的最大目的还是为了给他撑面子。我常被拿来和主任家的孩子比，人家的孩子考了第一，人家的孩子考了重本，而我不行，这都是我爸的心头恨。

我是听着叹气声长大的。不知道从什么时候开始，童年记忆的背景音就从老鹰乐队的《加州旅馆》变成了我爸无休无止的叹气声和我妈的唠唠叨叨。我作业写不完，他叹气，甚至连大家安安静静地看着电视，我爸也能凭空一声长叹。

不仅仅是叹气，青春期以来，我就过上了心惊肉跳的生活。

在我爸睡觉时发出声响、在他说话时打断他、在他发表意见时提出不同想法，甚至是他喜欢的歌手我不喜欢，都会使他咬牙切齿、暴跳如雷，轻则一顿臭骂威胁，重则就是一顿暴揍。

　　去年有一次，我和姑姑聊天，姑姑说她觉得我性格非常不好，十分极端，一方面是受到母亲溺爱，变得无法无天，除非被满足，否则无法说服自己；而另一方面又承受了我爸的不甘，他的不得志发泄在了我的身上。

　　回忆起来，姑姑说，有一年过年，我把我爸惹怒了，我爸污言秽语骂了我一个晚上。那时候姑姑想，一个男人怎么能用这样的词汇辱骂自己的老婆和孩子。而第二年过年，我跟我弟弟打架，前一年我爸骂我的那些话，我全用在了弟弟身上。

　　今年我快二十五岁了，过年时，我跟朋友吃爆肚遇上了我爸。我和朋友坐在门口一桌，一回头就看见我爸风风火火走进门来——他也约了朋友，在另外一桌。路过我们这桌时，我爸边走边回头，笑着跟我点了点头，打了个招呼。

那一刻我觉得他好潇洒。

几天后，我翻到了我爸的驾照，上面的照片是他三十来岁的时候。那时候的他意气风发，非常精神，长脸小眼睛，瘦瘦的，嘴角很锋利，脖子也很长很直，肩膀平直且宽，骨骼十分清晰——这样的骨骼我小时候很害怕，总觉得打在身上太疼了，可现在来看他当年的样子，真的很帅，难怪那么多女人爱他。

我把那天他一边快步向前走一边回头向我点头微笑的样子和这张瘦瘦的长脸联系到一起，觉得我好爱他。我希望中的爸爸就是那个样子，会弹《加州旅馆》里那段复杂的 solo（独奏），令人自豪，潇潇洒洒，才华横溢，温文尔雅，没有那么多不甘，而且平等地对待着我。

现在的我，最怕的事情就是变成他那样子，他的存在使我时刻警惕，因此我有的是理由恨他、怪罪他，可是我还是忍不住爱他，然而这爱又是不稳定、不清晰的，也是难以承认的。

亲情太复杂了。

所以事到如今，我的解决方式简单粗暴——少联系，多给钱。

其实我知道，转给他们的钱他们也不会花，只会帮我攒起来，但我很喜欢他们收到钱之后的反应。

最近的一次，我给我妈转了五千块，她立刻微信发语音问我这是什么钱，声音高兴得能掐出水儿来，我最爱听的就是她这样的声音。随后，我又给他俩各发了几个红包，过了半天我爸才回我一个"好幸福"的动画表情。

现在我每个月都有个盼头，就是每收一笔钱都尽量转给他们一些，这样做会使我内心感到极大的满足。

我想对他们好。

两年前，我妈来上海找我玩儿过一次，那时候我一个月只有一万块的工资，别的什么都没有，交完税和五险一金，以及房租，所剩无几，生活压力非常大，住的地方也很偏远。我妈过来，也没玩儿什么好玩儿的，就给她买了条丝巾。

后来，我挣的钱多了一些，也从偏远的地方搬到了比较中心的地区，每次去不错的餐厅吃饭我都会下意识地想，下次我妈来上海，一定带她吃这家。

然而我爸却病了，我妈得照顾他，不敢出远门。

于是，我又多了新的念想，我想挣更多的钱，可以租两套不错的房子，自己住一套，他们住一套。想到这里又觉得十分害怕，我不想和他们有更多的接触，却很希望和他们离得近一些。

因为想到有一天他们会死，我就害怕到不知道如何是好，我甚至不知道该用什么样的表情面对这件事。

也许就像我小时候我妈常说的："我有的、没有的，全给你。"我现在的想法就是，我有的，他们也要有。

我喜欢王朔那本《致女儿书》，他对女儿说："你是一面清澈的镜子，处处照出我的原形。和别人，我总能在瑕瑜互见中找到容身之地，望着你的眼睛，即便你满脸欢笑，我也感到无所不在的惭愧。"

不知道我的父母是不是也会这样，但实际上，我对他们也是如此惭愧。

血缘亲情这事儿，我实在想不通。

曾经，我妈畅想老年生活，她说她最大的愿望就是给我带孩子。后来，在我无数次对她分析我这充满瑕疵的人格之后，我妈终于不再说孩子的事儿了。

我喜欢小孩，很想生小孩，可是我觉得对我而言，这是罪过。

有一天早上，九点钟，阳光刚好，我路过了一家幼儿园，里面有很多小孩子在做操，还有个小孩牵着爷爷奶奶的手撒娇，说自己不想上学。

这个画面真美好，就像我退学那天看到一条小黄狗趴在校园草坪上睡觉的那个画面一样美好。

可也是那一瞬间，我突然觉得好可怕，我不配，我不能允许自己带着这么多悬而未决的问题就匆匆带着另一个人来到这个世界。快乐不会延续，但痛苦会代代相传，最后变成比复杂更复杂的痛苦。

仔细想想，在为人父母这件事儿上，我爸妈做得不好，可也是尽了全力，这事儿交给我，未必比他们好。

小时候，我喜欢钻我妈的被窝，她盖过的被子、躺过的床单都是香的，长大后我也躺过我妈睡觉的床，那个味道还在，没有变。我一闻就知道是她，不知道别人闻不闻得出，反正我闻起来，那味道很清晰。

如果非要形容，那个味道就是晒过的被子的香味儿，是阳光味儿。

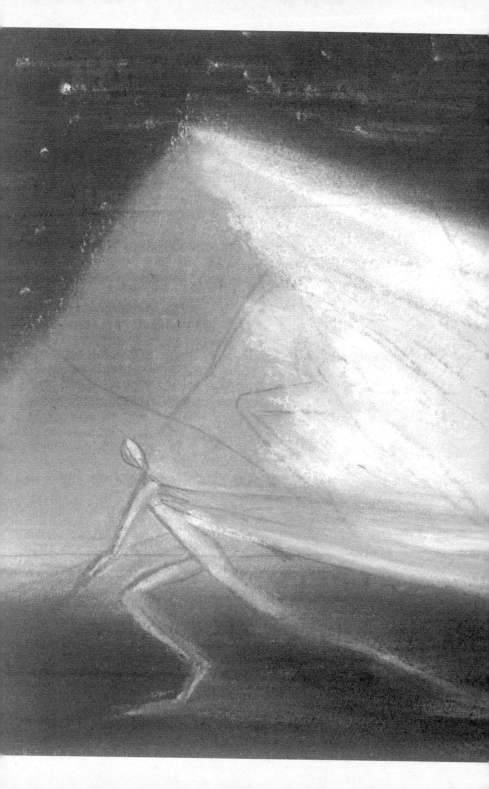

被时光修正的自己

妈宝男、家暴男、软饭男，还有大男子主义，等等，回忆人生前二十四年，我发现，市面上最经典的这几款男人，我都遇到过。

因此，把我的恋爱史仔细写写，基本上就是血书级别的惊悚。

我的初恋就非常残酷。

我是一个特别没出息的人，从小看玛丽苏爱情小说长大，一直幻想一进入青春期就会有两个不同款式的高富帅深深爱上我，所以我努力学习的最主要目的就是进好学校谈恋爱。

初中临毕业时，我成绩差，考不上重点高中，我爸妈非常着急，又是找人补课又是找过来人谈话的，全都不奏效。

后来，重点高中新校区建成了，有崭新宽阔的操场，有全是落地窗的教学楼，每栋教学楼之间还有玻璃做的连廊，学校里还有非常明亮的书店和浴室，以及平坦的街道，绿树成荫，路边还找得到四叶草，甚至在教学楼背后还有一个四面玻璃的透明琴房，非常浪漫。学校的校服也跟满大街学生穿的肥肥大大的运动服不一样，学校管新校服叫中山装。实际上就是日式制服，跟岩井俊二《情书》里柏原崇拿着书从白色窗帘后面走出来时穿的制服一模一样，连扣子都是一个颜色的。

我刚在家泪流满面地看完《情书》，我爸妈就拉我去看一中新校区。站在操场的铁丝网外，我看见一大帮高个子大男生脱了制服穿着白 T 恤在打篮球，完全就是日剧画面。

这比什么都管用，我立马发愤图强、努力学习，中考的时候不偏不倚考了个分数线，低空飞过了。我爸妈拿着我的成绩单还嘀咕，真神了，一分不差，一分不浪费，压着线考上了。

实际上都是帅哥的功劳。

十六七岁的时候，我的择偶观跟现在不一样，基本就是以玛丽苏小说的标准找对象。小说里万贯家财的富二代在我们那座小城市找不到，于是放下这个标准，只找又高又帅的，还得学习好。

那时候的男孩也是荷尔蒙飞溅，在学校里不为哪个女孩打一架那都不叫上学，走在校园里也是眼观六路，周围一旦出现个稍微出挑点儿的姑娘，心就痒痒了。

我在学校里是最不听话的，戴美瞳，烫头发，不穿校服，留刘海，这些都是学校严格禁止的。为了这套造型，我碰见老师都得躲着走，我这样的，老师一抓一个准。不过铤而走险也给我带来了好处，我长得一般，但因为造型独特得到了不少男生的关注，其中就有我的初恋男友。

那时候，学校里有个风云人物，是个学芭蕾舞的女孩，腰板、脖子笔直，走路外八字，像一只行走的小天鹅。我初恋男友盯她很久，找她表白，被拒绝了；难受了几天，就盯上我了。

初恋男孩一米八四，浓眉、大眼、高鼻梁，长得挺好看，而且学习好，在理科实验班，每次考试在年级里能排二百来名，重本预定的那种，算是学校里女生经常讨论的男孩。我看他对我有兴趣，就立马也对他有了兴趣，迅速好上了。

在我们学校谈恋爱是非常严重的问题，是要记处分的。

现在说来非常荒唐，那时候学校成立了"男、女生非正常接触纠察小组"，老师们带着手电筒和照相机蹲在暗处，遇到可疑的单独相处的男生、女生，就打开手电筒跳出草丛，闪光灯一开拍下一张证据，然后报告班主任、年级组长、学生家长等等，有一套非常严格的程序。

印象最深的是，有两个理科班的学生谈恋爱，被纠察小组的老师抓了，在全年级两千人的大会上通报批评。男生和女生站在高台上，年级主任拿着话筒念了篇批评报告。我由于过于震惊，报告中的话都记得很清楚——某年某月某日某时某分，男生某某和女生某某于黑灯瞎火的科技楼前亲密接触。纠察小组观察已久，只见男生某某逐渐靠近女生某某，抬起右臂即将女生揽入怀中，说时迟那时快，纠察小组老师立马现身，将其二人一举擒下。

跟说评书似的，站在台下的同学们都低着头，双肩抖动——事儿没落到自己头上，听了都觉得好笑。

我就很害怕了，第一次谈恋爱，还是在如此高压的环境下，我们就得想出很多对策来。

初恋男孩平时发给我的短信，我都抄在小本儿上，就怕有朝一日老师没收手机。不过，我的这点儿珍贵回忆最后也都魂归垃圾桶了。不仅如此，我跟初恋男孩还想出一招飞鸽传书，即每天跑操之后我换不同的同学去给他送信。每封信都有几千字，我的这点儿写作水平，都是那时候练出来的。

初恋男孩给我写的信也特有意思，好多画儿，画了我们俩结婚以后住的房子，哪儿是厨房，哪儿是卧室，特仔细。小孩谈恋爱大概就是这样，知道以后根本没戏，才敢放心大胆地做出种种细致的承诺。

后来快高考了，黑板上写上了高考倒计时。

高中生谈恋爱都爱约定点儿什么，我上重本不可能，可初恋男孩跟我约定一起上一本。

于是，我俩飞鸽传书的内容就全变成了数学题。

刚升高三的时候有一次考试，全班七十来个人，我考了倒数第四，别说一本，我那成绩专科都没戏。

成绩差，爱打扮，心思不在学习上，我谈恋爱的事情老师也早有耳闻，于是我就被抓了。

班主任把我叫到办公室骂了一上午，她说了什么我忘了，但只记得最后她说我跟实验班的好学生谈恋爱，自不量力，接着又在我身上用了"不自重""不要脸"这些词。我立刻急眼了，照着老师的椅子踹了一脚，正好被摄像头给拍到了。当即我就被停课了。

停课不久，我爸四处求人，又把我塞回学校去了，给我的处分也从劝退改成了留校察看。班主任跟我说，到期中考试之前，不能戴美瞳，不能留刘海，不能谈恋爱，必须天天穿校服，并且总成绩要提高一百分，否则还给我退学处分。

于是，我老实了半个学期，每天只吃一个烧饼，其余时间都在学习，中午不回宿舍，找函数题做，半夜藏在被子里打手电筒背文综。后来，期中考试的时候，我从倒数第四考到了第二十名。

老师没话说了，我又开始戴美瞳、留刘海、谈恋爱了。

结果好日子没过多久，恋爱出了幺蛾子。

自 2012 年 10 月 10 日，也就是我十八岁生日那天起之后的一整年，我基本上天天以泪洗面，算是承受了人生中第一次感情上的磨炼。

生日时，初恋男孩送我一个杯子，还写了封信。当时我特感动，"一杯子，一辈子"。现在想想都快吐了，太非主流了，搁现在要是哪个男的敢跟我说什么一辈子，我肯定吓得马上删除、拉黑，生怕缠上我。

紧接着 11 月，初恋男孩突然跟我说要分手，理由是要好好学习，等高考之后再和好。

那时候的我不知道，男的要是真想分手，理由全都特正经，全是为你好。这一点，别管什么岁数的男的，都一样。

但当时我没经验，义无反顾地相信了。正当我痛定思痛准备好好学习迎接高考的时候，他送我的杯子突然碎了，没人碰，杯子自己"自杀"了。

我疯了似的上着课就趴在地上找杯子的碎片，拼了一堂课，找了一堂课，最后还是缺一片儿。

我痛彻心扉、泪流满面，认为这是老天爷发话了，缘分断了。那时候开始，我每天晚上睡觉前都得先哭两个小时，白色枕套上的粉色小花都被眼泪"洗"得串了色。

2012 年 12 月 21 日，传说中的世界末日。

下过雪的北方，地上全是冰，人们都打着出溜滑。那天，打着出溜滑的我，遇见了同样出溜着的初恋男孩，分手一个多月，头一回遇上他。我哭天抢地一路出溜追上他，不知道说什么，只有哭，戴着眼镜、围巾，哭得满头蒸汽，眼镜都起雾了。

初恋男孩先笑了，然后也哭了，从羽绒服里掏出四个小金橘塞我兜里，跑了。

如今回想起有关初恋的那些年少时光，我觉得一切都非常傻×，只有一个画面十分动人，就是那天。

从那以后，我们就恢复联系了，说不上和好，也谈不上分手，反正就联系着，每天谈谈学习的事儿。

第二年，也就是2013年4月，初恋男孩又说要分手，理由还是一样，为了高考，考完和好。

这回我有经验了，不会全盘相信，态度改成了半信半疑。

我约他见面，然后悄悄翻了他手机。果然有事儿，那个他曾经喜欢过的芭蕾女孩给他发了QQ，问他还喜不喜欢她。他说，不知道。

我伤心欲绝，感觉花了两年时间当了个备胎。听了一夜王菲的《扑火》，尝试了好几种割腕自杀不疼的方式都没成功，于是下定决心就此了断。

　　那天洗澡的时候，我流着眼泪想，"撕心裂肺"这词是什么感觉，我终于知道了。

　　直到今天，虽然初恋男孩长什么样我都有点儿记不清了，可是那种掏空左右的感觉我仍是害怕。

　　离高考越来越近，有关初恋男孩的消息越来越多。

　　先是隔壁班的女生找我打架，后来我才知道，短短一个月，她和初恋男孩互通了一千六百条短信。我气得要死，直接疯了，跑回家拿了把刀就冲去学校要杀人，结果被几个女生又传纸条又换座位地给拦下来了。

　　这件事过去没多久，有一天上学的时候，我遇见了初恋男孩的同班同学，那位同学随口告诉我，初恋男孩跟他同桌好上了，两个人手拉手上课。

这种情节太可怕了，我人生中不想遇见第二次。

我强颜欢笑跟那位同学说了拜拜，然后就开始双腿发软，站都站不稳。从教学楼二楼到五楼，我是四肢着地爬上去的。进了教室，我就给我哥哥打电话，叫他帮我跟老师请假，我要出去旅游，高考我不考了。

那时候离高考还有十天。

请好了假，我就去北京找我哥玩儿了。在北京，我文身、喝酒、打麻将，住在我哥当时跟别人合租的小屋里崩溃痛哭，拿头撞墙，整个人疯癫。不过我哥真的挺厉害，带我玩儿了五六天，愣把我劝回去高考了。

高考结束，一切就都结束了。得知初恋男孩一、二志愿报的都是成都，我也死皮赖脸地报了成都，然后我俩都被成都的大学录取了，只是后来的几年里没再联系。

而我真正的死心，是因为后来初恋男孩给我发了条短信："我妈妈说，你爸是科员，你妈是工人，你们这种穷人家，别想攀上我们。"

放到现在，这种话摆在我面前，连我一根眉毛都伤不到。不仅伤不到我，而且可以说是戳到我笑点上了，谁敢这么给我发消息，我就立刻当笑话发微博狂笑三天三夜。但当时我只有十八岁，看到喜欢的人写了这样的话，感觉胸口像挨了一记闷拳。

几年之后，我退了学，从成都跑到北京工作，我们见过一次面。那时候，他满口说的都是"我妈妈叫我考托福""妈妈想让我出国""妈妈说要跟导师搞好关系"。听着这些话，我立刻想到，你妈妈还说我们这种穷人家如何如何呢。

我身边总有一些失意的人，他们常说"我忘不掉××"。对于这样的执念，我总是无从安慰，因为我根本体会不到。

在众多前任中，我仔细回忆过，试图从他们中找出一个"最"来，结果一片空白，没有谁是特别的。他们的存在，于我而言，只是证明当时当刻我的存在，他们是我一路走来的一个个脚印。

而至于"爱过谁"这种问题，我倒是十分确定，我谁都没爱过，或者说我只爱过我自己为了争取被爱而全力以赴的样子。

我从未有过任何一种意难平，也许是对他们每个都尽了全力，以至于最后筋疲力尽，回想起来只觉得乏味。

这么说来，我倒是从未失去过什么，毕竟那些我曾说过的"爱你"，不过是拍着胸脯说的谎话而已。

在初恋男孩之后，我又谈了两个男朋友，都很短暂。

第一个是家暴男孩，长得特帅，像没糊之前的柯震东，不过他除了长得帅之外一无是处，不读书，没工作，原生家庭支离破碎，过着浑浑噩噩、去向不明的人生。

那时候我十九岁，第一次在异地他乡独自生活。他是成都本地人，教我说成都话，整个人是非常新鲜的、我从未见过的样子。

刚开始的时候，每周末他都骑着电动车，带着我在成都夜晚的街上漫无目的地游荡。我第一次正大光明地化妆，不用担心我爸跟踪；穿自己爱穿的衣服，不用在意别人的眼光；大张旗鼓地谈恋爱，以及在一座颜色和味道都极为浓烈的城市来回穿梭。这是我人生中第一次痛快淋漓地体验自由。

后来画风就失控了。

家暴男孩不挣钱，家里也不给钱，不工作、不读书，整天没事儿做，只泡在网吧打游戏。亲戚们在家打起来了，他就无家可归，动辄就睡在网吧里，没有固定的住处。

唯独一点算是老天爷赏饭吃，让他不至于饿死——长得好看，穷到没钱上网吃饭的时候就去兼职模特，拍点儿照片赚个几百块，能活好几天。

其实但凡这个人有一点点经营自己人生的打算，做模特都是可以活得很好的，可他不，除了不正经，就是不正经。

有时候真是不愿意承认自己当年竟然和这种人好过。

由于奸懒馋滑又一无所长，家暴男孩开始显露变态的一面。

动不动找我要钱，我不给钱态度就变差，一着急就大嘴巴抽我。我转头想跑，他就一把把我拉回房间，锁门、锁窗，没收手机、电脑，拳打脚踢。

这男的学过散打，韧带特好，有一回一脚端在我肩胛骨中间的脊背上，我立刻就变成一只虾米，直不起身来，缩在地上。之后，他一拳一拳往我头上打。那是我第一次知道，原来漫画里那种眼冒金星是真的，真的可以在视野边缘处看到星星。

这样的事儿我不愿意过多回忆，想多了恶心，就直接说结局吧。

最后，我直接退学离开成都跑到北京，让这个变态再也找不到我。但是，每逢阴天下雨，当年挨端的那个部位就会不舒服，感觉是骨骼肌肉间的连接变得不畅，轴轴的。

不过这个经历也有好处，就是在此之后，谁是家暴男，我一眼就能认出——在一个男人逐渐愤怒的表情转换中，如果我在隐约间发现了他与我记忆中的家暴男孩有所重叠，那么这个男的基本就是情绪管理很差的那款。

后来的一个男朋友就是我到北京之后的了。

那天，我跟朋友在 KTV 玩了一个通宵，结束后一个人跑到金鼎轩喝粥，认识了同样玩通宵之后去喝粥的他。

那是截至目前我所有男友中年龄最大的一个，比我大八岁，处女座，一丝不苟，做饭很厉害。

我们好了三四个月。他是我最没印象的一任男朋友，分手当天关于这个人的记忆就一瞬间被抹除了，没有难过痛苦，毫无情绪波动，风平浪静，记忆里只剩下他做的田螺和香辣蟹腿了，以及他曾在我家制造过一个电影放映室——其实就是换了白色窗帘，买了台投影仪。

说来十分诡异，我记得当时跟他也是花了很大力气谈恋爱的，但是关于他的记忆怎么就那么模糊呢？我现在有点儿怀疑这个人根本不存在，有可能是我记忆混乱，捏造了这么一个人，最后把自己给骗了。

乱七八糟、断断续续地谈了两个男朋友之后，时间就到了

2015 年，我认识了我的前任。

前任是个摇滚青年，跟印象里的摇滚青年一样的是，他一贫如洗，才华横溢（这个要打问号），愤世嫉俗，认为自己生不逢时，怀才不遇。

但是跟印象里的摇滚青年不同的是，他很担心社保问题。

认识他的时候是在通州——通利福尼亚帝国，摇滚青年聚集地。

在朋友聚会上，都喝高了。

这人坐在我旁边，背起吉他站在椅子上开始歌曲大串烧，一首接一首地唱。我听着都不错，问他谁的歌，他说他的歌。

当时我就觉得这也太有才华了吧，虽然这人不怎么高，没到一米八，但是脸小鼻梁高，看着也不赖，主要是会弹吉他、会写歌。

他属于特别闷骚又爱装 × 的那种，察觉到我在留意他，他就放下吉他坐下来，想了很久说了句："你这腿，真白。"

于是，我俩就好上了。

我搬去通州，跟他一起住在一个三室一厅的次卧里。那个房间总共不到十平方米，一张床、一个书桌、一个衣柜，三件家具就已经把房间填得满满当当，角落里塞的全是吉他、贝斯效果器。那房间都快炸了。

　　现在的我，一想到那么逼仄的画面，就会像被人勒住脖子一样，透不过气。但那时候不一样，那时候我二十一岁，用王小波的话说，"在我一生的黄金时代，我有好多奢望。我想爱、想吃，还想在一瞬间变成天上忽明忽暗的云"。

　　自不量力的年轻女孩就是要找不痛快，越不痛快越痛快。

　　所以，当年我简直爱死了那个房子，觉得特别有生命力，鸡零狗碎，满满当当。

　　当时觉得特别浪漫，我每天听着吉他声睡觉，然后再被吉他声吵醒。这让我想起我爸，在有关小时候的记忆里，我常能听到吉他声，睡着醒来全是吉他声。我一直认为那是我曾经晦暗难堪的生活中最浪漫的东西。

　　和摇滚青年在一起，我常在睡前听到一些不成片段的细碎旋律，而醒来就全变成一首首完整的歌，而且歌词、歌名里都有我的名字。

没见过世面又揣着一颗文艺之心的女孩，最受不了这种诱惑，以我的名字命名的歌，让我感觉自己就是当代莎乐美。此后几个世纪的传世佳作都将因我而起，而我的名字也会永远地与"爱情"这个关键词绑定在一起，以少女缪斯的形象被载入史册。

再没有什么比这个更具诱惑的了，也算是一种虚荣，为了这个我愿意做任何事儿。

跟现在流行的风向不同，我一直是很希望结婚的。

就像我妈当年为了摆脱一种生活而选择了另一种生活一样，对婚姻的向往就像是长在我的基因里，无法摆脱。尽管我知道当代人的婚姻十分脆弱，也清楚结婚不过是官方认证一个人将与你长久地在一起吃饭、睡觉，再无其他。可是尽管如此，我还是觉得结婚是一件很让我兴奋的事儿。

跟摇滚青年在一起的那两年，是我至今为止最想结婚的一段时间。

有人说，女孩最终会找到一个跟自己父亲相似的男人。

这句话我认可，我觉得我对摇滚青年的冲动就来自于我爸。那时候，我看着摇滚青年的举止动作，看见他拿起吉他谁也不管的样子，就会想起我爸，然后觉得这是命运的安排，让我终于找到一个家人。

抱着结婚的愿望，我跟摇滚青年回过一次他老家，在山东，跟他爸妈住在一起。

他父母对我非常嫌弃，一来嫌我大学没毕业，二来嫌我看着不是省油的灯——他们看见了我手腕上的文身。

第一天见面的晚上，摇滚青年他爸就拉我坐下谈了几个小时，说的都是他们对未来儿媳妇的构想——要是白领，因为摇滚青年做的工作朝不保夕，所以他们希望他找到的老婆一定要踏实、稳重，有一份体面的工作；为人要"本分"，说白了就是上得厅堂、下得厨房，说到这里他还指出我吃完饭不洗碗这个"陋习"；还有就是要大度，"娶的是一个，爱的是另一个，这对男人来说非常正常"，因此，他要求我必须能包容。

听着这些话我本来就懵，结果这时候摇滚青年他妈过来了，又瘦又小的一个人，端茶倒水又剥虾，最后抱怨他爸说家里怎么没热水。他爸眉头一皱，眼睛一瞪，呵斥道："凉水洗手能死吗？"

在摇滚青年家待了不到一周我就受够了——陪他的朋友喝酒、吃肉、吹牛；高脚杯里把红酒倒满，满到即将溢出来再一口干掉；一桌子人迅速喝醉，然后称兄道弟；散场后，摇滚青年再过来特意嘱咐我一句：加上微信，他能帮忙。

忍无可忍，我拉着摇滚青年准备回北京。临走前，他妈匆匆追来给了我一本《圣经》，补了一句："愿主保佑。"

然而主并没保佑我。

回北京不久，我大病一场，急需住院手术。

这对我们来说简直是晴天霹雳，我们两个人，一个比一个穷。

那个冬天是我迄今为止最穷的日子，从头到尾只买了一身衣服，九十九包邮，穿了一个冬天。没钱吃饭就吃速冻水饺，最高纪录是半个月，这导致我后来看见饺子就恶心，别说看见，想起来就恶心。

在这样的经济状况下生病，是我非常绝望的一件事儿，尤其是一直以来被我当作家人的摇滚青年，在我生病后做的第一件事儿就是把我从通州的房子里给轰出去，我更绝望了。

当然，他从未有过凶神恶煞、翻脸不认人的恶人面孔，他轰我走的方式也只是跪在地上泪流满面地求我，最后搞得我如果不走就是讹他一样。以我的脾气，只能走，一件东西都没带，临走前还抽了他好几个耳光，砸了几个玻璃杯，弄得自己满手是血。

我穿着九十九包邮买来的一身衣服去昌平找了我哥，就此住在他一室一厅的小房子里，搞得他没地方住，跑出去跟朋友住了。

我哥还给我出了手术的钱。

我从不在家人面前哭，可当我在病床上醒来的时候还是哭了。

我哥走过来拉起被子，把我脸盖上了——这个动作比任何安慰都要到位。假装没看见，是对我的悲哀最好的安慰。

手术那天是 12 月 31 日，刚好跨年，零点一到，满世界都在放烟花。我跑去窗边看了一会儿，烟花一个接一个地炸开，五颜六色的光也一层层升起来，再落下去，光线照到我身上就像在扫描一样，让我觉得好悲哀。

至今，我都觉得那是我人生中最难熬的一天。

后来，我进入长达几个月的魔怔期。

我始终想不通，在我眼里那个值得信任、才华横溢，并且相当爱我的摇滚青年，怎么会在我大难临头的时候转头就走，而且姿态还那么丑陋、那么窝囊。

最终，我想到一个答案——他中邪了。

特别荒唐，但这是诸多可能中我唯一愿意相信的一个。

于是，我开始不断算卦、翻塔罗牌、拜佛求神、抄写经文、每天烧香。后来，有人告诉我，泰国有一种神奇的古树，有灵力，很多巫蛊之术都需要用到那种树的木材。而对于我的诉求，最有效的据说是一种蛊术。

　　又据说，如果对谁用了那种蛊术，那人便会爱你一生一世，至死不渝。

　　这个我深信不疑，我的最终目的就是有机会重新和摇滚青年在一起，然后掐住他的脖子好好问问他，到底为什么要趁我生病时落井下石。

　　那个蛊术我研究了一两个月就放弃了，太贵，要五万多，我实在没钱。

　　回想起来，在我的人生中，很多次与危险擦肩而过的原因都是没钱，就比如这一次，我是因为穷才免遭诈骗。

　　事情过去了几个月，我渐渐从疯疯癫癫的状态中解脱出来了，终于有了点儿正常人的样子。

好景不长，那天跟同事去Live House玩，我又碰见了摇滚青年。

　　那时候他在演出，我一进门他就看见我了。像是从没发生过那些让人恶心的事儿一样，他从舞台上一跃而下，跑到我面前时仍在唱歌，唱的还是那首写给我的歌。

　　我这个人最大的特点就是记吃不记打，好了伤疤忘了疼，事儿才过去几个月，不好的我全忘了，人家过来唱了首歌，我就跟他和好了。

　　当时跟我一起去Live House的那个朋友也不理我了，嫌我没出息。

　　结果和好没几天，他就后悔了，又把我甩了。

　　于是我又搬家。

　　我在北京两年，搬过十多次家，每次都因为他。

　　分手和好，再分手再和好，摇滚青年像是染上了一种"分手分不掉，和好好不了"的怪病，痴迷于找我和好再把我甩掉。他无法自控，而我奉陪到底。

在后来长达一年的日子里，他几乎每次和好十天，就会跟我分手，消失两个月，然后再和好十天，如此循环，坚持了365天。

每次临到我快要放弃的时候，他就会有 Live House 或是音乐节的演出，每次看完演出我就不恨他了。

这逻辑放在当时有理有据、合情合理，我一点儿都不觉得别扭，可现在回忆起来，我竟然不知道那是为什么——我终究变成了另一个人。

一直这样下去也不是办法，我分析了一下，得出结论：是我不好。

退学以来，我做过演员，当过模特，学过舞蹈，还在广告公司做过一段时间的行政工作，总的来说就是什么事儿都干过。可对于摇滚青年而言，我仍是个没用的人。根据我对他的了解，他待人处事讲究实用性，而我的存在无论对他的生活质量，还是事业发展都没有一点儿帮助，因此我才会被如此轻而易举地丢弃再拾回，像个可有可无的垃圾，仅作消遣。

于是，我开始挖掘自己的能量，从他最薄弱的环节入手，比如写歌词。

正赶上那时候我被他甩来甩去已经悲哀到怀疑人生，体内有无数难以宣泄的郁气，我的歌词提笔就来，写下的第一句是："我爱过的人都老了。"

说不清这句歌词有什么前因后果，就是嘴边有那么一句，写了下来，它能把我郁结于胸的那些疲惫、哀怨宣泄出来。

我终于派上了用场。

我填词的那首歌卖给了某节目当宣传曲。

这对于退学几年来毫无作为的我来说相当荣幸，以至于卖歌的钱到账的时候，我一分钱都没跟他要，甚至在作词那栏他写上了自己的名字，我都没有异议。

后来，为了能在他身边占有一个稳定的位子，我开始疯狂发挥自己的能量——持续不断地写词，免费帮他运营他的公众号，写无数关于他的文章。

然而，我还是失算了。

他还是轻而易举地跟我分手，而且愈发摸不到规律，前一秒十分兴奋地买电影票，拉起我的手甜甜蜜蜜地说见到我太开心了，看完电影马上又变得唉声叹气，甚至即便是顺路，他也叫我自己打车回家。

我终于忍无可忍，把他锁在家里，打翻简易火锅，地毯上洒满酒精，点火，想同归于尽。

事实上，最后我只点燃了地毯，火就被扑灭了。坐在一片废墟中，我买了由北京开往上海的高铁票。

似乎是北京的风水特别克我的八字，一离开北京，我的人生马上就变得好多了。

我有了不错的工作，靠着写文章，在上海的一年里我的收入就涨了一倍，解决了温饱问题。

而此时，我跟摇滚青年仍有联系，因为两年多的时间里，由于我过于认定他就是我命中注定的家人，他变成了我长久以来的人生支点。离开了北京，离开了他，在感情上，我变得有点儿茫然。

　　还是依赖他。

　　直到两年前的夏天，我接到了我姑姑的电话，说我爸心梗住院了，在 ICU，病危通知书下了两次，叫我马上回家。

　　那段时间，我在医院陪床，每天睡在 ICU 病房的走廊里，睁开眼看见的就是泪流满面的我妈和浑身贴着电线的我爸。不能哭，也不能说丧气的话，就只能这么看着，呆立着，做着最坏的打算，甚至是组织着用于告别的语言。

　　有一天早上，我在走廊里被护士叫醒，去卫生间洗了把脸，陪我妈哭了一会儿，走出医院买煎饼。阳光照在我脸上，我觉得我受不了了。

　　我拨通了摇滚青年的电话，告诉他我面对着的一切。

边说边哭，哭到最后我蹲在医院门口站不起来。摇滚青年回了一句："跟我说有啥用，我能干啥？"

我常觉得，人在一生中所做的有些努力并非是为了柳暗花明、峰回路转，而是为了当头棒喝、冷水浇头，是为了死心。咬牙坚持的目的并不是为了过得更好，而是有勇气放弃。

这是个道理。

后来，我爸转危为安，我再次回到上海。

和摇滚青年纠缠不清的两年里，我像个装不满倒不空的瓶子，每次我准备彻底清空，他就过来再往里面洒点水。可那天之后，我彻底清空了，我变成了一个空空荡荡的瓶子，崭新、干净、无比轻盈。

我开始跟不同的男孩子约会，最长不过一个月，他们有各式各样的可爱。

有个日本男孩，叫宇贺，长得干净洁白，巴掌脸，眼下有大大的卧蚕，动作干净利落，就是日剧里常见的日本男生的样子。

他是清华毕业的，中文说得很好，但就是有几个元音总是混淆，这一点可爱极了。

我们约好了去东方明珠，排了一整天的队，到了晚上才从里面走出来。

宇贺一直很兴奋，蹦蹦跳跳，走在我前面。突然，他回头问我："你觉得东方明居（珠）好玩儿吗？"

我说："是东方明珠啊！"

"哦哦，东方明珠，"他嘴型夸张，字正腔圆，才终于算是把"珠"的发音搞对，然而后面又补了一句，"绿（陆）家嘴的东方明珠！"

"u"和"ü"，他始终搞不清。

除了这些元音他常常搞混，语音、语调他也弄不清楚。

走在乌鲁木齐南路上，他指着路标说这里好特别，名字叫

"wū lū mū qī 南路"，全是一声。我立刻被逗得站在马路中间哈哈大笑。

打电话的时候，他非常认真地对我说："我去刨皂啦，再见。"我大惑不解，又是查字典又是说英文的才知道，他说的是"泡澡"。

虽说有时候语言常常搞得我们沟通有障碍，但这也使我们之间的交流变得妙趣横生。

宇贺说日本的女生都很可爱，可是中国的女生都很漂亮。

我说，然而我是又可爱又漂亮的女生。

于是他非常吃惊，睁大眼睛说："自己不可以这样说。"

我大言不惭："这是实事求是。"

他马上笑起来说："谢谢，今天学习了新的成语，实事求是，骗自己的意思。"

于是，两个人又开始哈哈大笑。

和宇贺在一起，我们不是游乐园就是水族馆，画风轻松愉快，回忆起来那里面有各种饱和度极高的鲜嫩颜色，像是一张儿童蜡笔画。

我们在游乐园里坐过山车，去鬼屋，最后趁着天黑坐上天幕水极，从水面上飞速越过，然后变成了两个湿淋淋的水鬼跑出乐园，边跑边笑。不知道笑什么，就觉得一切都那么好笑。

笑着笑着安静下来，看着彼此眼睛里闪烁着的夜晚的光。

后来宇贺回东京工作，我们两个就不联系了。

一切戛然而止，可却恰到好处，早一步告别觉得遗憾，晚一步告别又难免心生怨怼，我们在刚刚好的时候说了再见。

回想起来，那是记忆中有关爱情最浪漫的画面。

忘了是谁说的，"浪漫是没有后来的事儿"。

在一系列各式各样惊心动魄的爱情之后，我遇见了现在的男朋友。

他是我从未见过的温柔男孩。我习惯脱口而出一些轰轰烈烈的句子，措辞激烈，可我浑然不觉。而这一点他受不了，他总说："这样的话我绝对不忍心对你说，但你是怎么做到脱口而出的？"

　　问得我一时语塞。也许是我习惯了彼此撕裂、互相伤害的感情模式吧！

　　跟他在一起，总在无声处听惊雷。

　　我一个人在家的时候不小心打碎了杯子，下班回家的他看见满地碎碴，而我还在担心他埋怨我怎么打碎杯子也不随手收起来的时候，他却一边打扫碎碴一边说："还好你没碰。"

　　我做饭时一不小心把他电脑的插头拔掉了，导致他画了一晚上的画不见了。我很懊恼，却说不出对不起。而他没事人一样地拍着我的头说："刚才画得不好，刚好没了。"

　　我对他说这几天我失眠，他说失眠的话一定要叫醒他，他怕我一个人面对过不去的黑夜会太寂寞。

从来没有人这样对待过我。

我想这里面一定有这个人的特别之处。他从小在温和的环境中长大，直到今天都没有面临过什么剧烈的冲突，我就是他见过的最刺眼的场面。

但其实我对他从来都是收着的，从未使出全力，怕会吓到他。

但其实他也并不是所有人眼中的老好人。他也在别人的世界里当过渣男。

曾经，他也做过对喜欢他的女生暧昧不清，最后使人心碎离开的事情。我看到一个女生几年前给他的留言，说他的心是冰冰凉的。

而我看到的他却是完全不同的，这个人恒温。他是我存在感极低的保护罩，容量却很大，任由我发疯崩溃忽明忽暗，他都解决得了，笼罩得住。

也许因为对他而言，我是那个一出现就闪着光的存在，因此，他笃定地把自己的最大限额给了我。

我当然不知道未来几何。人是会变的，直到有一天他眼中我的光芒忽然褪去，那时候他也会换成一副别的模样吧！

只是现在，我们一起并肩走，跳槽、加薪、换房子，在一次次规划中，日子一点一滴地变得越来越好。我的无理取闹也少了很多，这一切都肉眼可见。

我常觉得，或许是我在不知不觉间就这样一脚踏入凡尘，成了写字楼下面随处可见的饮食男女中的一员吧！每天伴随着打印机的声音，电脑键盘的声音，饮水机出水时的声音，以及一切没有情感的机械的声音，进入了一种柔软至极的平凡生活。

可这没什么不好，我再也不想一边流血一边相爱。

现在的我，梦想的东西实实在在，想住进更大的房子，想要拥有落地窗，想到仙本那的海底走走瞧瞧，想父母身体健康，想日子稳中向前，想再也不为生活皱眉头。

浪漫是没有后来的事儿，而实用的浪漫，是不为生活皱眉头。

我害怕被过去打扰。

在后来的两年里，摇滚青年坚持不懈地联系我。

微信被拉黑，他就打电话；电话被拉黑，他就换号打；再不行就微博、邮箱、支付宝，所有有社交功能的软件他一个不落，见缝插针。

而他每次出现的姿态也是非常丑陋不要脸的，第一句话就是"等我"，然后就十分自恋地说："你跟别的男人在一起，我原谅你。""等他们伤了你，你就知道我的好了。""我知道你随时会回到我身边。"

他甚至会在凌晨四点醉到胡言乱语倒在路边的时候给我打电话，把我吵醒，问我旁边睡着什么人，再报出定位，叫我去接他。

经过了之前那两年的随叫随到，我在他眼中彻底变成了一条可以随时唤回的狗，一个奴隶。

我只想吐。

事实上，想起每一任前任我都想吐，都不愿意承认，甚至我自己都想不明白当初我是怎么了，会跟这么登不上台面的人过从甚密。

想了想原因，大概是我实在看不起当初的那个自己吧！

因此，现在的我越是反感排斥，就越感欣慰——我换了无数双硌脚的鞋，一路泥泞，没有人知道走到这里我有多么辛苦。我终于，在一次次痛彻心扉之后脱胎换骨了。而这也就是为什么在现在的感情故事中，我不愿意花费过多笔墨，我生怕给未来更好的自己留下一点点难堪的记号。

而对于未来的我到底会不会变得更好，这个问题的答案我是十分确定的。

时至今日，我都不知道爱情这东西到底是怎么回事儿，我都做不到成为一个独立的人，拥有只属于自己无须与别人分享的人生，这是我从未拥有爱情的原因。

我尚未成为自己，也正因如此，在我的所谓爱情中总是夹带着种种委屈不堪。我找到的人往往是生活的拐杖，与这个人是谁，并没有太大关系。

一腔孤勇，一路走来，最后千疮百孔浑身是伤，可这没什么。

"都过去了"，是世界上最美好的一句话，像一阵飓风，像一场海啸，我是最先遭殃的房子罢了。

可被摧毁是一件顶好的事情，打乱重来，新生命指日可待。

王朔说："往回看，风驰电掣；往前看，指日可待。"

LST

「最担心的永远都会发生」2019.2.21

真想为了她跟谁拼了

前几天，万丈突然给我发微信说，××兰的口红不要买。

我一惊，赶紧把已经加在购物车的 ×× 兰口红删掉，还以为是她用过之后发现超级难用呢。

我问她怎么了，她说因为她帮我买了。

我惊喜到叫了出来！

我问她什么色号，她说 1 和 17。

神了，正是我购物车里的两个颜色。

可我从来没有把种草这件事儿跟任何人分享过。我问她怎么知道的，她说她无意间看到了我在微博点赞的安利文。

这女的简直是个许愿池，而且是升级版，不需要许愿的那种，她是拥有读心功能的许愿池。

甚至从来没有哪个男人给过我这种意料之外、情理之中的惊喜，所以回忆我的二十多年，我想不起任何一个男人送过我礼物。然而万丈却轻而易举地办到了这件事儿，这两只口红，凭我的记性，少说能记十年。

这件事儿让我幸福了很久，不仅仅是得了两只喜欢的口红那么简单，它让我感觉被关注、被关怀，以及被认真对待。这种幸福感在后来的几天里被无限放大，甚至有点儿骄傲——想着身边的人是如此爱我，把口红涂上，然后一秒变身龙傲天，六亲不认地走在大街上。甚至我游泳也要先把口红涂上，素颜带着一张大红嘴，昂首挺胸跳入泳池，感觉自己是全天下最得宠的、最值得被爱的人。

我跟万丈说："天啊你太好了吧！"

万丈回我："是因为你太好了呀。"

有点儿恶心，我没再回。

实际上，我是特别难伺候的那种人，孤独，自闭，还一点就着、一碰就炸，神经线错乱。只要是跟我交流，基本上就是走进了人间百慕大，你永远不知道你无意中的哪句话会触碰到我哪一根脆弱的神经，重则遭我当场一顿狂撑，轻则被我铭记在心，永世不忘。

跟我交朋友是一件非常困难的事儿。

我妈总说，她希望我有很多朋友。所以，从小到大，她都很积极地约小孩来跟我一起玩儿，给愿意跟我玩儿的孩子们一些小小的礼物，鼓励他们即使烦我了，也继续坚持跟我交朋友。

可是即便我妈如此努力，我也没几个朋友，我是指留下来的、没撕过的朋友。

因为我性格张扬，看起来无惧无畏，永远在搞事情，在人群中会被一眼看到，所以从小到大愿意接近我的孩子不少，但是接触不久，这些小伙伴们便会因为受不了我的阴晴不定而离我而去。

小学的时候，我跟一群小伙伴坐在一起分析过，为什么他们会对我产生一种想要一起玩儿，但一起玩儿又总打架的纠结感受，结论是我"性格古怪"。

所以，在二十多年里，虽说我是一直有朋友的，但都很短暂，不固定，并且来到过我身边的人最后都变得老死不相往来。

太累，因此长大后的这几年里，我不交朋友了，总摆出一副凶巴巴的面孔，带着充满敌意的眼神斜睨着身边的人们。

因此经过了二十多年，遇见了无数的人，留在我身边的，一只手就数得过来。

但是，即便留在我身边的朋友，我也会在内心中对他们提出十分古怪的要求。

就比如万丈那天说的"因为你太好了呀"，这个就让我隐约有点儿难受。别的倒没什么，我难受的点在于那个"呀"，我脑补出一种紧绷绷的亲昵感，一点儿都不自然。这让我想到朋友圈随处可见的虚假姐妹情，相互之间说着一些甜言蜜语，然而发照片的时候却不给对方修图。

因此，我不喜欢朋友对我说甜蜜的话，也不喜欢用"闺密"这个词来称呼谁。我觉得太恶心了，有一种惺惺作态的貌合神离。

同理，还有我另一个朋友，夏凌。

夏凌刚上班那会儿，因是头一次参加工作，很快就被工作环境里的交往方式浸染了。那段时间，她每次给我发消息，称呼用的都是"亲爱的""宝贝"。

看得我想把她拉黑，她这么说话，不知道的还以为她要拉我进传销呢。

每次她以"宝贝"开头发来一段话，我都不回，假装没看见。直到她发我"你死了？"，我才出现，然后大骂她一通"宝你妈的贝"！

后来，她好了很多，可是"宝贝"每隔一段时间都还要发作一次，这个按她那段时间的工作强度而定。

反正现在我不想理她了。

虽然上面说了一大堆她们的坏话，但是真心话是，我是真的爱她们的。

王朔有句话，我特别喜欢。

他说："我迎着阳光眯起眼睛，真想为扣子跟谁拼了。"

我也是这种感觉——有时候真想为了这俩女的跟谁拼了。

夏凌是我认识时间最久、相处时间最长的一个朋友，我俩初中同学，她是我同桌，那时候我们十三岁。

我不招人待见是有理由的。

傻×的最大特点就在于自己傻×还老觉得别人傻×。我就是这样的傻×——刚被安排坐到一起的时候，我觉得夏凌非

常傻 ×，我很讨厌她。她皮肤很白，脑门很大，第一次见面的时候，梳了个光溜溜的马尾辫。

我总觉得这个人反光，影响我听课。

有一回上课的时候，我不小心把她笔袋碰到地上了，她钻进桌子底下去捡的那一刻，我突然觉得世界清静了，没她真好。

于是那个下午我一直在扔她笔袋，她捡上来，我就推下去，再捡，再推。我俩就跟中了邪似的，我推了一下午，她蹲下、坐好，再蹲下、再坐好，循环了一下午。其间，一直没有交流，我俩就这么安静地重复着上述动作。

现在想来，我当年可真是个小坏蛋。

小坏蛋最怕碰到老实人。我反复挑衅，她逆来顺受。我根本没有施威的舞台，于是突然觉得好对不起她，我要罩着她。

这才跟她说了第一句话，问她生日是什么时候。

她只比我大三天，我俩一个星座，突然之间我觉得好有缘分，于是就交上了朋友。

确实有缘分，我俩喜欢同一个男生，也被同一个男生喜欢。所以，在很多初中同学眼里，我俩就是双胞胎。男生给她发的消息有可能是我回的，我给男生发的消息也有可能是她写的。

　　我俩根本不会因为男生闹别扭。

　　当时有个男孩跟我表白之后，约我去打台球，我觉得好不正经，不去。紧接着那个男孩一扭脸就去跟夏凌表白，然后也约她打台球，她也觉得不正经，也没去。第二天上学，我俩一对才知道，原来这男的这样啊，垃圾。我们都不理他了。

　　从十三岁开始，我俩做什么事儿都前后脚，就连买个笔记本都能在不同时间、不同地点不约而同地买到一模一样的，这让我们更加肯定了彼此就是对方的双生姐妹花。

　　后来，她去天津读书，我留在老家上高中，可即使是在不同的城市，我们也会同步很多事情，比如初恋。

　　我俩初恋的时候，连被表白都是同一天，没有比这更巧的了。

当然失恋也是基本同步的，我比她早一个月——前脚我打电话跟她哭完，后脚她就来电话跟我哭。

我俩的剧情同步直到高中毕业才停止。

高中毕业那年我失恋，之后关于初恋的故事就彻底结束了。而她高中毕业失恋之后，又跟初恋磨磨唧唧、分分合合地折腾了四五年。

夏凌的初恋男孩老李非常恶心。

高中的时候，他们已经在一起了一年多，老李突然找她说自己喜欢上了另一个人，而且在跟夏凌在一起之前就喜欢了，只是那时候那个女孩不喜欢他，他才转而跟夏凌"将就"起来。如今女孩转了性，愿意跟他在一起了，他就"实在抑制不住对她的感情"了。

老李在食堂里说得声泪俱下，鼻涕、眼泪流了一脸。夏凌一边接受着自己是个备胎的事实，一边还跑到楼下去给他买了纸巾擦鼻涕。

夏凌这个人在感情中最好的一点就是，从来不分胜负，被甩、被劈腿，对她来说仅仅是事情本身，与尊严无关。因此，她非常体面地原谅了老李，大大方方没有一点儿阴暗心理地跟老李分了手。

过了没多久，那个女孩把老李甩了，老李又回来找夏凌。送了她一大瓶千纸鹤，夏凌就被感动了，完全不计前嫌。

我第一次见老李，是高中毕业的暑假，我们三个人一起跑到北京去玩儿。

老李高高壮壮，浓眉大眼，穿了一套篮球衣，看人的时候喜欢目不转睛地直视。我大概猜得到夏凌为什么喜欢他。

我跟夏凌截然相反，我性格强势，热爱冲突和控制，从小到大喜欢的男孩都是孱弱的、闷骚的、少言寡语的、看起来很老实的那种。

而夏凌性格温和，无论什么事儿都喜欢先为别人考虑，即使被欺负了也会觉得是自己不好。于是她喜欢的男孩一直都是长得黑黢黢的那种，浑身上下都散发着青少年男孩特有的荷尔蒙，甚至看见这个人我就觉得他身上有汗味儿和操场上的塑胶味儿。这种人会让夏凌双眼闪光，安安心心地看他打球，为他的每一次起跳、进球鼓掌，这会使她觉得快乐。

那时候我们在汉堡王，老李点了三份炸香菇。

夏凌捧着她的那份笑着趴在我耳朵边小声说："我觉得他特别好。我喜欢吃香菇，他特讨厌吃香菇，闻见就恶心，但他还是坚持每天都吃，为了我。"

然而夏凌不知道的是，在她满脸幸福地说着这些话的时候，老李正劈着腿呢。

从北京回来后不久，有一天晚上，我被夏凌的电话吵醒。电话里，她呼哧带喘上气不接下气地说，有个网名叫"温温"的女生在人人网上给她发消息，自称是老李的另一个女朋友。

后来我们才搞清楚，原来在和我们一起去北京玩儿之前，老李参加了一个同学聚会，聚会上见到了老同学温温。聚会结束后，老李跟温温单独去 KTV 唱歌，唱着唱着就好上了，当天晚上就在一起了。

之后的半个月，温温也一直以他女朋友的身份存在着，直到她发现了夏凌。

终于有机会为她跟谁拼一下了。

我挽起袖子跟夏凌去找老李。老李计划做得非常周全，给出了好几种不同的解释——一会儿说温温认错人了，其实她是他发小的女朋友；一会儿又说温温是他发小假扮的，为了逗夏凌玩儿，是个恶作剧。

为了证明这些谎言的真实性，老李还联系了几个哥们儿自编自演了一系列聊天记录发给夏凌。

我到今天都觉得老李不去学戏文、当编剧，是华语影视圈的损失。

这戏编得太过了，夏凌没被骗，挂电话拉黑，面无表情，特别决绝。

接着老李又给我打电话。机会来了，我穷尽毕生所学，对他污言秽语一顿臭骂，然后也是挂电话拉黑，特别痛快。

直到大学入学前我都觉得夏凌厉害，在这种问题面前她没有痛哭流涕，判断力也完全在线，说一不二，狠人一个。

然而我还是高估她了。

入学后几个月我们都没联系，我给她发消息，她也是简短回复，我料她有事儿。

果不其然，我一问才知道，她跟老李和好了，不敢告诉我。

其实在那次温温事件之后，两个人分手不到三个月，在夏凌生日当天，她在校门口遇见等她放学的老李，手捧鲜花满脸诚恳，就差下跪了。

夏凌心一软，又和好了。

这一和好就是四年，整个大学时光，夏凌除了老李就没有别的故事了。

但夏凌非常满足。

她说，有一次情人节的晚上，老李组织了夏凌对楼的女生宿舍一起开灯、关灯，制造了一个恶俗爱心灯光秀。

对此我嗤之以鼻，觉得太非主流了。夏凌也是嗤之以鼻的态度，她说，有那个工夫，不如给她买个口红。

对于男人们自以为是地搞出来的那套乡村爱情戏码，我跟夏凌态度一致，但可以理解的一点是，鄙视归鄙视，该感动还是要感动一下的。

夏凌确实经常被老李感动。

有一回夏凌在水房打水，她旁边的一个暖壶炸了。就在暖壶爆炸的那一刻，她看见老李从很远的地方飞奔过来，挡在了她的面前。

这个画面在夏凌的记忆里是慢动作，带着色调偏粉的滤镜，还伴随着爵士乐。

大学那四年，夏凌一直叫我不要再提之前老李劈腿的事儿，她认为谁都有小的时候，十来岁时做的事儿，不作数。

后来又是在北京，我见了老李第二面。

那时候，我已经工作一年多了，自认为看人特准。我开启扫描眼，抱着肩膀全程冷眼旁观这个伤害过我朋友的臭傻 ×——还是黝黑的一个人，眼睛亮亮堂堂，仍然喜欢直视，只是这次说话办事他都得体不少，是风趣幽默的一个人。而且相比之前那次见面，他确实少了很多花言巧语，整个人实实在在的了。

我突然觉得夏凌说得也有道理，十几岁的时候谁没有傻 ×过，只不过他办的傻 × 事伤害的是夏凌，不过只要他记得，也许歉疚会让他们之间的感情变得更加稳固。更何况眼下的这个老李，已经是一副踏实可靠的样子了。

但事实证明，我跟夏凌眼神儿都不怎么行。

直到大学毕业，两个人分手很久以后，夏凌才知道，原来不是老李转了性，而是她自己瞎了眼。

　　大学刚毕业，两个人都在迷茫期，生活一片混乱，于是就分了手。

　　他们分过很多次手，夏凌轻车熟路，潜意识里知道这不是真的。

　　又赶上那段时间她忙着考研，还顾不上跟他周旋，便把这事儿搁在一边。

　　结果有一天，她在贴吧查考研资料的时候，无意间看到了老李的贴吧主页，随手点进去一瞧，大开眼界。

　　有人发帖说能联系到小姐，老李回复："加微信私聊。"

　　有人发自拍说想找男朋友，老李回复："加微信私聊。"

　　有人发帖约吃饭，是个女的，老李回复："加微信私聊。"

　　有人发帖说转卖主机，加了自拍，老李回复："好漂亮，加微信私聊。"

要不是账号上有与正常的老李相关的不少发帖记录，夏凌甚至认为，他是被哪个变态给盗号了。

夏凌恍然大悟，原来这四年的风平浪静也是暗藏玄机啊！

于是看透真相的夏凌瞬间觉得全凉了——自己欣赏、仰望了六七年的男朋友，可能在别人眼里只是个"在吗？看看自拍"的讨厌、恶心的臭傻×。

其实一路长大，结合了我和夏凌的分手经验之后，我发现，一段感情真正的结束，靠的并不是荷枪实弹地打一架，也不是被多么令人心碎的话冷水浇头，往往是一阵风吹来，你突然感到清凉之际，爱意与恩怨全都被带走了，你松懈下来，就这样算了吧——完全是法术伤害。

现在这事儿过去两三年了，前两天我们又说起来。

夏凌说，其实在发现老李贴吧回帖之前的那次分手是她第一次真正想要分手，因为她觉得靠近这个人就有种说不出来的恶心感。

那时候即将毕业，每个人都像无头苍蝇一样，为自己的未来做打算。

老李尤为着急。

毕业前，他跟朋友去北欧玩儿了一圈，在路上认识了几个香港人，回来之后就立刻变成了港台腔。

据夏凌描述，老李不仅夹着天津话带着港台腔，还常会冒出几句英语，并且逼迫夏凌使用英文名。他还没事儿就到处去买三块钱一支的廉价雪茄。形象上也做了调整，他突然脱了篮球衣，改穿风衣配围巾，梳个大背头再喷点儿古龙水，把自己捯饬得像个归国华侨。

让夏凌至今都想不通的是，有一天晚上，老李去了一个女老板家之后一夜没有回来。第二天，夏凌找到他，问他出了什么事儿。老李告诉她："谈了个大项目。"

"我怎么跟这么一个傻×好了六年！"每次回想起老李，夏凌都要这么喊一句。

后来虽然也有男孩子喜欢夏凌，但都由于她过于抗拒，没有进一步发展。

有一段时间，她甚至收到男孩子发来的消息就截图给我，问我怎么回。

我说，不然名片给我好了，我俩聊。

她说，其实她觉得自己不会跟异性说话了，一跟男的说话就犯怵。

有一回，她来上海找我，我和我男朋友一起请她吃饭。她整个人变得相当反常，坐立不安，半天说不出一句话来，耳朵也红了一圈。我反复问她怎么了，她都说没怎么，说完，就给我发了条微信，说让我男朋友赶紧走。

直到我男朋友离开，她才重启过来，恢复了正常，说："没啥，我就怕看见男的。"

我觉得她心理有问题，开始向她推荐心理医生。

她自己倒不这么认为，她说："心理没问题，我最大的问题就是太丑了。"

她一点儿都不丑。

2015 年的最后一天，我被摇滚青年甩了还做了手术，那天我把她叫到了北京，一起住了一晚。

那天晚上，她穿了一身深灰色保暖内衣，站在厨房里做了一份水果沙拉、一份热牛奶，端到我面前。身材真好，如果我不是钢铁直女，那天我会当场弯成一只龙虾——U 型领露出白花花的胸口和白花花的脖颈。我看着她的脖颈就想到李志有句歌词："雾气穿过她年轻的脖子。"

她皮肤一直很白，光洁透亮的那种，而且看过她才会知道，日本动漫里少女肩膀、膝盖、关节处微微泛红的鲜嫩皮肤是真实存在的。我一直搞不懂如何让关节变成粉色。肩膀平直，双腿也笔直，跟腱又细又长，腰线也高，看起来珠圆玉润，是非常饱满又匀称的那种身材，而且高鼻梁有驼峰，薄嘴唇小牙齿，是长到今天不必整容也算美女的那类。我非常羡慕她这种顺溜的长相。

跟我不一样，我是丑过的，皮肤是天生不好，年纪轻轻就长出了颈纹，要不是做了鼻子、眼睛，到今天我也会是个丑女孩。可她不是，她从小到大都是在人群中并不抢眼，但特别禁得住细看的那种。

我不懂她怎么觉得自己丑，丑到没法跟异性说话的地步。

后来我们聊化妆的事儿，她无意间说起之前老李一直嫌弃她，嫌她不会化妆。

我才知道，原来病根在这里。

尽管如今想来她觉得老李就是个大傻×，在女朋友面前嫌这嫌那的都是大傻×，可她就是化解不了。

她常为自己至今都没有学会化完整精致的妆而懊恼，为自己鼻梁上有几颗雀斑而懊恼，还为自己没有眼力见儿、不知道在别人忙起来的时候主动端茶送水而感到懊恼，而这一切，都是老李曾指出过的她的"问题"。

"当年我认认真真地内疚，觉得就是我不够好。"她是这么说的。

　　每个人都很容易把自己陷入小问题中挣扎一番。可夏凌的性格则是在挣扎之后放弃挣扎，心甘情愿地给自己贴上一个别人给的、失败者的标签。她所做的一切努力，不是努力改变，而是努力接受、努力认同。

　　不论是对别人，还是对自己，她都是从不辩解的那种人。

　　长大后，夏凌对我说，小时候她特别崇拜我。

　　一来是觉得我长得好看，凶狠，用现在的话说就是具有侵略性的美感（这点我不能认同，明显是说好话骗人）；二来则是有一天中午，我给她刷了我的公交卡。

　　那时候坐公交，我们用的都是学生卡。学生卡规定一人一卡，并且不能一次刷两下。那天中午她没带公交卡，身上又没有钱，一筹莫展之际我跟她说，没关系，先上车吧。

　　她战战兢兢上了车，我跟在后面刷了我的卡，跟司机解释了一下情况，然后就下车去等下一趟公交了。

夏凌安然无恙地上了车，坐在司机背后的座椅上，一路上听司机跟旁边的乘客说："我就喜欢这样的孩子，聪明机灵胆子大！"

那时候，她突然就觉得我的形象无比高大，爱上我了，搁她是断断想不出这种奇招儿的。

我完全没有印象，但这件事儿确实也跟我对她一直以来的印象对得上——又软又尿，优柔寡断。

从大三开始，夏凌就准备考研，考了两年都没考上，每次都差两分，点儿太背了。

从小到大，她妈都管她管得特别严。我俩这么好，她妈从来不让她来我家玩儿，也不让我去她家；她直到大三都没有染过头发，理由是她妈不让，而且是明令禁止；至于考研，也是她妈的意思，她妈让她必须考研，一次考不上就考两次，这导致她第二次准备考研的时候都快在家憋疯了。

总之，她妈是那种在我看来非常恐怖的、总想把孩子死死控制在手里的母亲。

　　两次考研都失败，夏凌终于受不了了，她决定工作。

　　可这时候她妈又开始控制她，命令她必须要考公务员，并且要在老家当公务员。因为是女孩子，所以一定得离家近，守在父母身边，哪儿都不准去。

　　夏凌喜欢北京和杭州，她想在这两座城市里选一个去工作、生活，但这样想着，又受到了来自父母的打击。她妈说，不允许就是不允许，这是铁律。一来，一个女孩子，跑那么远太不正经，也太危险了；二来，她妈认为她根本没有在大城市生活、工作的能力。她学的是档案管理，她妈告诉她这个专业根本找不到工作，只能考公务员。

　　她妈把她说得特别惨，一无是处，同时还告诉她大城市里全是凶神恶煞的牛鬼蛇神，工作的时候一定会钩心斗角，作为外地新人也定会有不少"小鞋"要穿。

夏凌就只能来找我，她感觉我在北京、上海过的生活没有那么恐怖。

　　我只劝过她一次，叫她什么都别想，想去哪儿直接跑就是了。后来很长一段时间我们都没有联系。

　　我早就摆脱了这样的困扰。

　　夏凌两相为难的时候，我已经退学三年了，选择城市、选择行业、选择工作这些事儿，我都是趁着年轻，脑子不好、胆子又大，蒙着眼睛撞南墙，哪条道儿上的墙塌了，我就走哪条道儿。难受归难受，但也过瘾。

　　这种纠结我没体会过，但那段时间我的同学、朋友们集体毕业，这导致围绕在我身边的全是诸如此类的倾诉。

　　万丈就是其中之一。

　　跟夏凌情况相似，万丈大学毕业后，也是被家人"大馒头堵嘴"，一顿打击。

万丈的亲戚，有一个算一个，为了她就业的事情齐聚一堂，讨论了好几天。几天暴风骤雨一样的打击之后，万丈彻底被洗脑。

父母打击孩子所说的话是一模一样的，无外乎"没有能力"和"外界险恶"这两方面。万丈深以为然，直接忘了自己是名校毕业生这件事儿，低头耷脑地求着家里给她找份工作。

我对这样的家长深恶痛绝，不知道还有多少孩子毁在了不自信的家长手里。

不知道别的地方，反正我们那座北方小城市，几乎所有的大人都认为大城市不是人待的地方，同时他们还特别相信自己养出来的孩子就是个废物，离开了他们就会一事无成。

从前，我总认为，这类家长是由于自己的狭隘而使担心变成了过度紧张。但过了这些年，看过了一个又一个这样的例子，我发现，父母们的初心并不那么阳光，在他们内心深处，甚至连自己都没有意识到——他们怕的是自己失去掌控的权力、保护的力气，他们真正担心的是自己从至高无上、一手遮天的家长王座上跌入凡尘。于是他们自欺欺人，找出那么多主观的、客观的理由来，绊住孩子的脚。

万丈在种种压力下，千恩万谢地接受了姑姑给她找的工作——银行柜员。她始终坚持不在老家工作，最终，姑姑托人拉关系，把她塞进了河北另一座小城市去当银行柜员——还不如老家的城市。

工作两个月，万丈彻底疯癫了。

身边都是跟自己大不相同的人，他们有的心安理得地享受着这份听起来还不错的工作；有的则充满雄心壮志，想在这份工作里干出一片天地来。但万丈绝无此意，她想做的工作是有关自己的金融专业，或者是有关自己的文艺爱好方面的。

志向不同，就很难融入了。

有一天，万丈哭着给我打电话——那是我第一次听她哭——

她说她被同事们搞疯了。

团建的时候，大家一起去 KTV，别人点了《男人好难》《学猫叫》之类的流行曲，而万丈点的是李志、陈粒、阿肆、谢天笑这类文艺青年必点曲目。点不同的歌倒没什么，有问题的是她拿起话筒唱了半首，同事过来给她把歌切了，还说"听不懂，没意思"。

KTV 散场，每个人都兴高采烈，只有万丈心情低落。这时候，"好心"的男同事为了逗她开心，在路边捡了根烧烤签子，又在签子上插上一坨路边狗屎拿过来送到万丈面前，说："烤肠！"

大家哈哈大笑，气氛到达高点；万丈震怒，扭头就走，同事们在身后冷场。而后，活跃的那同事又拿着那坨屎粑粑去逗别的女同事，女同事们吓得嗷嗷大叫，四散逃跑，场面嬉笑怒骂，再次到达了高点。

听到这里我要吐了。

万丈哭得电话信号都不好了，断断续续地抽泣着，说着想自杀什么的。

我不能理解，一份不喜欢的工作而已，何至于此。我劝她尽快辞职，然后打包行李直奔北京，找一份喜欢的工作，即使工资不高，也先干着，这并不难。

　　万丈听完吸着鼻涕说："可我不敢啊，我找不到工作的啊！"

　　我告诉她，跟我相比，她好太多了，有文凭、名校毕业，又踏实靠谱，怎么会找不到工作。像我这样半路退学，连文凭都没有，四六级都没考的人都找得到工作，她找不到工作，根本不可能。

　　但无论我怎么说、怎么劝，万丈就是认准了——我不行、我不会、我不敢。

　　不行、不会，是来自家人的打击，而不敢，则是因为眼下这份只赚四千块的工作是姑姑费了大劲儿帮她找到的。她的父母也嘱咐过她，一定要嘴甜心细、长长久久地把这份工作做下去，"可不要丢了你姑姑的人"。

　　一份破工作都给搞成世袭制了。

其实万丈和夏凌类似，都属于特别温和、逆来顺受的人。

万丈是我的高中同学，后来我们又一起在四川读大学，于是就总在一块儿玩儿。

其实高中一起跑到四川去念大学的朋友总共有三个，可我退学的时候，另外两个朋友伤了心。她们打电话对我说："我记得二模结束的时候，你给我传纸条告诉我否极泰来，怎么现在你突然就变了呢？"说着说着就大哭起来。

我也不知道该如何对她们解释，不想读就是不想读了，没什么为什么，我想自由一点儿，我迫不及待了，这是很个人的东西，感同身受是不存在的。

后来，除万丈之外的那两个朋友就跟我渐行渐远了，联系渐渐变少，到最后变成了朋友圈的点赞之交。我已经没有关于她们近况的确切消息了，据说在念研究生。这几年，我总会想起她们，觉得有点儿歉疚，但说不好是为了什么。总想和她们道歉，但又觉得其实她们离开了我也是很好的、很正确的选择。

于是，就只剩下万丈。

我在北京工作的时候，她每次假期就先到北京，在我家玩儿几天再走，来的时候还给我带一大堆四川火锅底料。

　　有一件小事我一直耿耿于怀。

　　2016 年，有一次她来北京，我们买了《恋爱的犀牛》的门票一起去看。那天我俩出门太晚，眼看要迟到，刚好又在下雨，不好打车，我们就站在马路两边分别拦车。她先打到了车，还没等我跑过去，就有一个女的抢在我们前面上了车，而万丈就站在旁边，完全不敢吱声的样子。

　　我立刻炸了，一直到了剧院，我都非常生气，她跟我说话，我也不理。

　　虽然总共也就生了二十分钟的气，但后来我总是忘不了万丈当时特别难受的表情，欲言又止，悄悄观察我的脸色。

　　她永远对我很有耐心。

　　我失恋的时候像个疯子一样，白天夜里地找她，喋喋不休地哭诉，反反复复转着圈儿地说我那点儿委屈，现在想想真是够烦人的。谁要是这么没完没了地烦我，我就拉黑她。但是万丈从来没有不在线的时候，只要我出现，她就不眠不休地听我说。

于是每次想起她对我的好，我就很难过，马上联想起那天晚上她战战兢兢的样子，为自己对她发过脾气而感到特别抱歉。

而也是因为过于听话，万丈被困在了那个鸟不拉屎的城市，被困在了银行柜台里，每天看的是辛波丝卡，写的是工作报告，听的是 Radiohead，说的是继往开来。

我常跟她提起夏凌，因为她俩情况过于相似，又都是我最好的朋友，我总把她们放在一起支着招儿。

夏凌被我支过一次招儿之后就消失了，而万丈被我支过半年的招儿之后也消失了。

后来先出现的是夏凌。

一年前她直接通知我，不考公务员了，跟家里也摊了牌，就这样吧，爱咋咋地，收起行李一路南下直奔杭州，并且很快就过上了每天晚上在西湖边儿上散步的生活。

　　事实证明，夏凌太好找工作了。

　　刚到杭州，她就被一家公司录取了，收入比毕业生平均工资要高，而且工作内容十分轻松。她沾沾自喜，说："太好了，别累着我就行了。"

　　我又对她嗤之以鼻，第一次工作就抱着享清闲的态度，很奇怪。

　　她说："我家的大姐、二姐，都是靠着结婚立足于世的，我不能忙，一忙了没工夫找对象！我得有了对象才能在杭州留下来！"

　　这是我跟她认识十多年以来听到过的最恶心的一段话。

　　那段时间，她的姐姐们偶尔会跑到杭州去照顾她，每天说的都是自己找了什么样的男人——五十多岁带着两个孩子的有房、有车的二婚男，或者是上海本地户口的即将离婚的已婚男，总之就是诸如此类的牛鬼蛇神。

相处久了，夏凌也开始接受"一个女孩子最终还是要靠嫁人的"这种观念。

在这样的观念下，她同意了姐姐们给她介绍对象的事儿。

于是就被姐姐们给卖了。

姐姐们介绍来的男人跟她们自己找到的男人都是同款、同类，要么是快要离婚的，要么就是假装快要离婚的。

直到有一天，亲戚去杭州找她玩儿，脱口而出一句："你没对象就得马上跟有对象的女孩交朋友啊，她们的对象是你的目标，她们对象身边没对象的也是你的目标，你得把自己放在池子里呀！"

"放在池子里"，这句话搞得她突然觉得自己像个牲口，到了一定年纪就要被送去配种，没有一点儿被当作人类看待的感觉，婚姻被拿来交换，甚至就像是为了在一座城市稳定下来而不择手段、不讲原则、心甘情愿地贱卖生育权一样。而这时，她的姐姐们还在一边十分着急地给她支着招儿——教她如何"有手腕"，才能牢牢地抓住一个男人。

从那以后，她开始疏远姐姐一家人。

过了没多久，也就是前几天，她告诉我她想换个工作。

夏凌一直非常喜欢电影，古今中外的电影她几乎全看过。于是她打算重新找一份工作，要跟电影相关，累一点儿也无所谓，而且她也开始觉得姐姐们所说的话、所过的人生，简直过于荒唐。

万丈也是在前几天出现的。

一出现就通知我，她辞职了。

我大吃一惊。之前我以为她会在那家银行里干一辈子呢，没想到才过了两年，她就突然间想通了。

这次她先斩后奏，先辞了职，后跟家人摊牌。家人们想怪她、恐吓她、打击她，都已经来不及了。摊牌过后，她立马收拾行李直奔北京，飞速入职了一家公司——她也不是找不到工作。

入职前，她跑来上海找我吃了顿烤肉。那天晚上，我们吃了太多的肉，浑身燥热。喝了几大杯冰镇雪碧之后她说："我一直觉得，敢第一个做双眼皮，你绝对不是一般人。"

　　高中毕业的时候，我们俩都很想做双眼皮，一起跑遍了全市所有的医院之后，她决定不做了，我第二天就进了手术室。之后，她再也没有做双眼皮的念想了，没想到这事儿居然成了她跟我交朋友的理由。

　　后来她又说，她比较佩服我不怕死的样子，"想也不想站起来就走了，也不回头"，而且她一直记得，之前有一次她给我开视频的时候已经很晚了，我还在工作。看完之后她大为震惊，"你这种好吃懒做的人居然也会这么努力工作？"于是，她觉得她也可以——找到适合自己的路的前提是，无论如何都要先走出来。

　　听完了万丈说的话，我紧张了好几天。

　　负责任地讲，我是对自己的人生非常不负责任的那种人，万事就图个快活尽兴，人生态度基本就是"千金难买爷乐意"。我走了这条路是我自己特别乐意走的，没有一点点犹豫和挣扎，过程中多么辛酸不堪我都知道，可我总觉得只要我走了，我出来了，这万种难挨里我总能品出那么点儿爽来，就像冰冰凉凉的雪碧刮着嗓子下肚似的。

但夏凌和万丈不同，她们犹豫，瞻前顾后，她们都是万事靠掂量的人。

我不知道我的未来在哪里，有时候夜里我躺在床上，想起未来都吓得睡不着觉。我总怕自己会千金散尽、一事无成，脸没洗，仇没报，爽到最后满身荒凉，站在时间尽头上两手一摊："OK，我真的傻×。"——尽管现在我也经常双手一摊，被自己的傻×搞得头昏脑涨。

现在，夏凌和万丈排着队走上了一条很类似的道路。我不自作多情，我没有成功到能够给她们指引，但我相信这诸多因素中一定有那么小小的一个是我，而就是为了这一点儿存在感，我又想起那句话："真想为了她们跟谁拼了。"其实，从我感觉到她们会是我长久的朋友的那一天起，想起她们，我就想起这句话。

那天，我想起她们，脑袋里没来由地又多出一句："她们必须过得幸福。"

说真的，我的脑袋里没来由的出现的话语从来都是骂人的脏话，这么偶像剧、这么矫情，还用了"幸福"这种阳光明媚的词，那是第一次。

但那是真的，我希望她们幸福。

甚至有几次我跟我历任男朋友在一起的时候，有那么几个瞬间，觉得眼前这个男的太好了，一定会使人幸福。于是紧接着就想，这么好的人，要是跟夏凌和万丈在一起就好了。

想完之后就被自己变态到了。

事实证明，我眼光也确实有问题。

不知道我常想为了她们跟谁拼了，是不是过于狂妄和居高临下了。

但我总是觉得，我傻×、暴躁、难以沟通、阴晴不定、忽明忽暗、从不顾及别人感受，又浑身上下都是负能量，能跟夏凌和万丈这么好的人当这么多年的朋友，真是我的运气。一想到她们不嫌弃我、包容我，我就更爱她们了。

　　她们是世界上最善良的女孩。

　　希望一个普通女孩写的两个普通女孩的故事，能够给更多女孩以勇气，活出自己想要的人生。

我们终将
孤独地长大

第二辑

**总是在
黑夜里闪光** ◂

人生如逆旅，我本惆怅客！
——纳兰性德

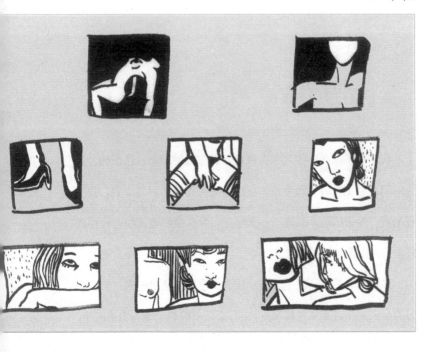

皇后娘娘头风发作啦

上个月写了好几份遗书。

我胸疼了很久，摸起来有硬块，偶尔会肿起来，还很痛，乳头内陷，甚至有时早晨会流脓。这种症状持续了好几个月，我一直拖着，没去医院。后来有一天早上，乳头突然流了血，吓得我赶紧往医院跑。

挂了乳腺外科，医生听完症状之后也变得严肃起来。旁边实习的女大夫先过来又是摸又是按的，之后不敢确定地看着男医生。

男医生也过来摸。两个人一起摸了一会儿之后，男医生坐下摇了摇头说，不好。

在去医院之前我就查过很多资料，我的这些症状跟乳腺癌全对得上，所以一看医生的反应，我当时就觉得完蛋了，乳腺癌无疑。

在得知我年龄小，并且家里没有肿瘤病人这些情况之后，医生给我开了乳腺彩超和腋下淋巴彩超。我问，是乳腺癌吗？医生说，可能性不大，但摸着估计得开刀。

我整个人都不好了。

回家之后，我查了很多乳腺癌病人手术后的案例照片，双乳被切开，没有乳头乳晕，只有一道长长的疤痕纵向贯穿整个乳房，旁边的皮肤也皱皱的。

检查约在三天后，也就是说，在宣布判决之前，我有三天料理后事的时间。

首先是接受开刀这件事儿。

我想象了一下，如果真的要在胸上竖着挨这么一刀，那我就在术后的疤痕上文一条黑色直线。我感觉复联黑寡妇脱了衣服的形象应该跟这个差不多，胸上有一道难以解释的黑线，很神秘。

这么想着，心情舒畅了很多，甚至还有点儿期待，好酷。

开刀的问题刚解决，我又担心起万一真是乳腺癌该怎么办。电影、电视剧里不是常有这个规律，概率最小的事情往往是最容易发生的，一种欧·亨利式的造化弄人。

于是，我开始找人帮我翻塔罗牌，翻出来的牌真是惊人，图片上直接是一个小人儿躺在棺材上，胸口悬着三把剑。

看了塔罗牌我知道了，我得了乳腺癌，并且是很晚期，不久于人世的那种，必死无疑。

非常悲伤，我第一个想到的当然是父母，他们不是我的后盾，对于我患癌症，他们一定不会做到给我勇气，反而只会让我在弥留之际愈发感到人间凄楚。我辛辛苦苦这么多年才离开了他们缓慢而自怜的节奏，才不要在最后的日子里再受到他们的影响。于是，我决定不告诉他们，一旦确诊，我就不治了，把我这段时间攒的钱全都给他们，然后再给他们写封信，告诉他们我移民美国了，再也不回来了，永远别想找到我，告辞。

比起早早去世，我远走他乡、音信全无这种说法对谁都好。

接着想到的就是那帮小时候欺负过我的坏孩子，恨死他们了。我一直想要用自己的成绩来报复他们，很幼稚吧，但我为此不懈地努力着。可一想到我要死了，我就非常不平——凭什么你们欺负了我，你们没事儿人一样忘掉了我，你们肆无忌惮地长大、生活，而我却要带着挥之不去的恨意死掉？

于是，我打算搜集那些人的联系方式，在我临死之前给他们发消息，告诉他们我是谁，回忆一下他们当年是如何污蔑我、轻视我、欺负我，最后留一句"我不会放过你的"。要的效果是，每一个午夜梦回时，他们的耳边都有这句话回响。

我已经摆好了一副厉鬼的姿态。

至于那些对我好的、喜欢我我也喜欢的人，我选择不闻不问、
只字不提。

　　对于爱我的人，绝口不提总比千言万语好。一个朋友突然死
了，这是一件很简单的事情，悲伤最多不超过一个月，但如果我
事先有所铺垫，那他们所体会到的情绪种类就会多出很多，比如
担心焦虑不舍害怕，最后才是无可奈何的悲伤。他们有能力很快
忘记我，而我这又是何必呢?

　　小时候，我总觉得自己会给这个世界留下点儿什么，留下点
儿什么才是来过最重要的意义。可是真的死到临头，就会觉得，
哦，我不过是提前知道了结局。我是一个一无所有的普通人，茫
茫然走一遭，什么也没带来，什么也带不走，什么都留不下。对
于这一点，早知道早好，而早年去世就是了却心结的一个好办法。

　　但人都是这样，只要活着就觉得有可能，可能性随着剩下日
子的减少而降低。

那三天时间过得很慢，我常坐在镜子前面光着膀子摸胸，心想着，真是好可爱一女的！脸蛋光滑没有痘痘、痘印，高鼻梁双眼皮小尖脸，平直的锁骨和饱满的胸，好漂亮一女的！然而这女的就要死于这对美丽的乳房，也是天妒红颜。

　　"天妒红颜"，喜欢这个词，如果真有哪天我被认证了我的颜已经到了值得天妒的地步，那我绝对会很高兴，好看比啥都重要。

　　唯一的遗憾是，我至死都没能体会到拥有九十斤的身体是种什么感觉，我很好奇。

　　这是我目前人生最大的遗憾了。

　　检查当天，我化了很完整的妆，上下睫毛都刷得又长又翘的那种，喷了香水，做了头发，换了身干净的连衣裙，过来领死。

　　一进彩超室，看见一个穿白大褂的慈眉善目的老爷爷，旁边坐着一个同样着白大褂的大帅哥，真的帅、非常帅，像一个明星，但想不起来是谁。

　　看见帅哥我就知道我完蛋了，《滚蛋吧，肿瘤君》不就是这

个配置吗？命运把熊顿玩弄了，到最后给她安排了个帅哥，就像
一剂巨苦的药剂里面撒了一点儿白糖碎。

　　结果撩开衣服躺在床上，老爷爷照来照去，啥也没看到，就
说是小叶增生，让我走了。

　　难以置信啊，连开刀都不用啊。

　　我又去找医生。医生结合症状再看我的彩超结果，说是小叶
增生外加乳腺炎，吃点儿消炎药就完事儿，另外不能老生气。

　　我轻飘飘回到家，感觉生死线上走了一遭。

　　老天爷对我算好，逗我玩儿，然后给我放回来说，知道害怕
了吗傻 × ？

　　知道了。

　　从那之后，我就开始每天游泳，控制饮食，少吃肉、多吃菜，
一来为健康，二来为减肥——既然死亡关头我最大的遗憾是没能

减肥成功，那为啥不趁着日子还多赶紧变成一个瘦人。

不过医生说的"少生气"我还是做不到。

我出生的时候，我妈抱着我去找我们老家最神的算命师傅帮我算命。人家掐指一算，得出结论说："山头火。"我妈不懂。算命师傅解释说："脾气大，胆儿小！"

六字箴言，完全将我说中了。

我胆子太小了。小学的时候，看过一眼《惊声尖叫》，一个扭曲的大白脸追一个小女孩，小女孩玩了命地往家跑，结果还是在家门口叫大白脸给抓了。我就只看了一眼，这辈子也不会再看一眼这部电影了。

结果还是留下了阴影。那一幕至今大概有二十年了，但我每到晚上往家走，越是靠近家门口，就越是走得急促，感觉屁股后面有张大白脸要抓我，不敢回头，于是就疯疯癫癫、跌跌撞撞、魂不守舍地跑到门口，哆哆嗦嗦，飞快开门，开个门缝就闪身进家，然后重重把门关上——为的是一旦大白脸扒住我的门框，能夹断他的手。

但就是这么一个胆小鬼，脾气却奇大无比——除了我爸，我没见过比我脾气更大的人了。

什么事儿都能让我生气，生气点完全难以捉摸。天气不好生气，天气好也生气；穿牛仔裤生气，穿连衣裙还是生气；化妆卡粉生气，口红卡纹也生气，而且我还常为这种小事生不小的气。

甚至有段时间我点子不正，每天晚上做梦都是在生气，被梦里的人和事气得惊醒。

随着年纪渐长，生气的副作用就显现出来了。

两三年前的那次手术，我落下一个后遗症，就是偏头痛，见风就痛，睡多了也痛，就像一个警报器，生活中哪件小事没按标准来，脑袋就痛。

半年前，知乎上有条帖子——"你最讨厌的网红是谁"，里头有一条就是我。跟帖大字报似的，成百上千条评论全在骂我：

有人觉得我观点不行，傻×一个；有人单纯觉得我丑，觉得我整容脸；还有人说我长得刻薄，一看就不是好鸟儿。给我气得撸起袖管儿上去就十，把每一条骂我的评论都回复了一句"傻×"，然后就大事不好了。

骂架这事儿是这样的，披着人皮的骂不过披着狼皮的，顶着自己大名的是万万骂不过隐姓埋名的。人家纷纷给我发私信骂我祖宗八辈，还都带上生殖器，撑了我一个哑口无言。

一口气就算是憋住了。

偏头痛立即发作，疼了一夜没怎么睡觉，半梦半醒间总觉得自己是宫斗戏里的皇后，缠绵病榻，旁边尽是小宫女的声音："皇后娘娘头风发作啦！"

越是生气，气点就越低。

那次知乎发帖的事儿之后，我变得越来越敏感了，在我的评论区见不得一句阴阳怪气，哪怕有一句，我就能头疼一夜，而且后来越来越准。每次一看到傻×评论，我就马上胸口剧痛，乳晕两侧感觉有小针细细密密地扎我，一路扎到胳肢窝里去。

后来我还做了个实验，打开知乎里那条骂我的帖子仔细阅读，同时关注乳房状态，果不其然，看两句，扎一下，特别准。

这种连锁反应后来愈演愈烈，直到开头说的乳头流血。

后来我停更了抖音，清空了微博，每天沐浴焚香，两耳不闻窗外事，情况缓解了很多，胸不扎了，头不痛了，连例假都变准了。

因此有人劝我，不要做自媒体啦，人一多傻×也就多了，一万个关注你的人里面有几个恨你的也难免，一句都听不了，干不了这行的。

然而我偏要，就跟小时候的执念一样——我自小就尝过网络暴力的味道。

说到这里，我刚才特意"跑去"当年上学的学校的贴吧里搜了我的名字。其实特搞笑，无非是十三四岁的小孩之间的爱恨情仇，有人发帖骂我傻×，说看见我就想打我，最后还署上了自己的名字。真狂。然而这位署着名字骂我的同学现在还加着我的微信，不久前还问过我头发颜色和衣服链接，估计她早忘了想打我的事儿。可我提起她，内心里还是隐约有种莫名的害怕。

现在看着好笑的东西，当年是真的受不了。

一开始，学校的帖子里在讨论谁是班花之类的话题，有人说了我，这就引起了争议，认为我好的和认为我不好的争执起来，到最后变成与我这个人紧密相关的讨论。

有人说我不是处女，有人说我丑，有人说我跟某某睡过觉。那时候我才十四岁，面对一大堆隐姓埋名的污言秽语，自然是受不了。

后来被骂久了，我的知名度也高了，课间总有别的班的同学过来扒门框，参观我。甚至有不认识的邻班同学过来指着我说，要叫他哥来打我。

总之是战战兢兢。

不过这些都是我刚才重看帖子之后才想起来的，这些东西没有什么长久的力量，仅供我害怕一阵子。

但有条帖子在我的印象中极为深刻，里面说我性格古怪，只会写言情小说，还全是抄的，幻想以后靠这东西挣钱。

那条帖子的发布日期是 2008 年，我一直记着。

我跟出版社签约出版这本书的日期，是 2018 年。

整整十年。

那条帖子是匿名的，我至今也不知道是谁说的那句话，可是时隔十年真的签约出书的时候，我还是有种快感，好像越王勾践卧薪尝胆，君子报仇十年不晚，反正就是觉得爽。

这就是为什么当我以为自己得了乳腺癌将不久于人世的时候，仅次于挂记父母的一个想法竟然是"我不会放过你"。这种复仇心理让我特别解恨，目标感很强，让我深刻感觉我在为之前那个受过欺负的自己报仇雪恨——最终，无论在哪个时间节点上，我都是昂首挺胸的，伤害我的人都是要付出代价的。

同理可证，我现在是做自媒体的心态了。有人看我一眼就恨我，没来由的，想要找个靶子恨一下、骂一骂，而我只是运气差，恰巧被选中了。这种"被谩骂、被讨厌"我是特别理解的，恶意往往是没来由的。小时候的经历跟现在的恶评也没有什么太大的区别——说到底，大多数人的一生都始终不会进化。

　　因此，我特别沉迷于这种痛并憧憬着的感情，就像我总觉得，如果时空错乱，现在的我一定脚踏七彩祥云、身披金甲战衣回到十年前那个我的面前，然后告诉她，骂你的那帮人，我出书骂他们。一种强有力的拯救，一种于风暴中都能够面带微笑的超脱感就出来了。

　　一样的，现在我成天挨骂，说不好哪一天时空再次错乱，未来的那个我突然降临，告诉现在的我，别担心，骂你的人都没你有钱。瞬间我就没事儿了，只希望骂我的人越多越好，谁骂我，我就心疼谁。

　　所以我得一直活着，不能有一点儿闪失，这样才有机会成为未来的自己，即使那时候又多生了十年的气，我也能在头疼的时候，让曾经骂我的人伺候在床前，紧张地高喊："皇后娘娘头风发作啦！"

爱情阴谋论

一个人感情的成长大概可分成以下几个阶段。

第一个阶段，你爱他，他不爱你；第二个阶段，他爱你，你不爱他；到了第三个阶段，你会发现谁也不爱谁。爱情仅仅是一个概念，为了爱情飞蛾扑火跟行为艺术没什么两样，人和人在一起，仅仅是过日子而已。

我很喜欢一部话剧《恋爱的犀牛》。故事讲的是犀牛饲养员马路爱上了邻居——一个身上有复印机味儿的女孩明明。明明却死心塌地地爱艺术家陈飞。明明不爱马路，陈飞不爱明明。他们彼此追逐，形成一个圆环。后来马路绝望了，把明明绑架后，杀了自己饲养已久的犀牛，把犀牛的心脏献给明明。

当年我就十分信奉这种"俯首帖耳、四肢着地"的爱情。可慢慢地，我发现，那些年让人四肢着地的并不是爱情，而是年轻人在空荡的生活中无处释放的荷尔蒙——人有使不完的力气，就会在虚无缥缈的东西上寻找意义来让自己看起来浪漫又伟大。

后来，我很喜欢这样一个小故事。

有一个商人爱上了一个富贵人家的千金小姐，因为阶级不匹配而不能去求亲，于是得了相思病。突然有一天夜里，这位千金小姐来到他家，此后每日必来与他幽会。之后，商人在街上遇上了一个道士，道士说，你面上有妖气。商人回家问小姐，小姐说，我是附近山里的妖怪，因为对你一见钟情，所以化身你心上人的样子来见你，既然你发现了，我就走吧。后来，商人结婚了。新婚之夜，商人对妻子说："我曾经爱过一个仙女。"他说的是

"仙女"，没用"妖怪"这个词。

作者叫海棠。读完后，我觉得这个故事简直像海棠花一样清丽。

当时的理解是，虽然你是妖怪，但我爱过你，那么你的张牙舞爪在我眼里也仙气缭绕。

过了几年重读这个故事，发现原来我理解错了，这明显是一个他爱你你不爱他的故事。因为被爱，所以在了解真相之后，不忍心对已经告别的人使用过于真实的词汇，同时还要不断地刻意美化这段误打误撞的关系，以此自欺欺人。

第三阶段，谁也不爱谁。

其实一段关系中，爱是最不必要的一个环节，更多的是配合。好的伴侣是一个与我吻合的齿轮，是值得信任的朋友，是配合默契反应优良的室友，是完美的合租伙伴。至于爱这种虚无的东西，完全不值一提，甚至不值得去在乎。

现在我为大部分爱情故事感到羞耻，总觉得是几个荷尔蒙分泌过剩的人吃饱了撑的自找不痛快。轻松一点儿不好吗？承认真相本是除却巫山还是云，这很难吗？

我还是很喜欢《恋爱的犀牛》，只不过我的重点从"俯首帖耳、四肢着地"转变为"过分夸大一个女人和另一个女人的差别是一切不如意的根源"。是呀，誓言和送花、吃饭没什么两样，与其说是表达感情的方式，不如说是双方目的性超强的对垒，最终都是要有结果的，没什么值得歌颂的。

有一天，你遇见一个人，他从人群中走来的时候，你看见所有的光芒都向你涌来。

你应该警惕，这完全是骗局，一切你认为的恰逢其时，不过是时间、地点、人物这三要素在机缘巧合的作用下对你施加的一次催眠，是有预谋的加害，这和几种化学元素组成的反应公式毫无差别。你听见的大风呼啸，看见的莺飞鱼跃，这一切都将在日后成为你狭窄、逼仄的人生的见证。

因此我现在更相信，吹捧爱情的伟大更像是一种阴谋，一种声东击西，爱情一定让我们忽略了什么更重要的东西。

爱不存在，只是幻想

现在，我相信了月亮的运行周期和海水的潮汐涨落，宇宙万物真的对人有隐秘的影响。这段时间有好几个朋友集体中邪一样找我聊"爱情"，他们平时都是很能拎得清的人，我很惊讶他们竟然会被这样的问题困扰。

去年，我认识了一个画画的女孩子，她很像一块纹理细腻的素色棉布，浑身上下都是平平整整的质感。

第一次见她的时候是在她家，她头发剪得很短，显得格外精神，是我很喜欢的那种没有任何欲望的漂亮。那时候她在家里画画，地上支了一块画板，大概是油画，颜料和色板摆了一地。

后来，我见了她男朋友，是个高个子男孩，也是搞艺术的。见面的时候是冬天，只记得那个男孩子穿了件黑色的大褂，后移严重的发际线。后来，女孩儿和我说过很多次"我知道像他那么帅的男生不可能不花心"之类的话，每一次说，我都会努力回想那是一个多帅的男孩，但每一次想，都只记得他后移严重的发际线。

过了大概半年，他俩分手了——实际上在我们认识的时候，他们已经分手过很多次了，理由无非是"他是渣男""他不在乎我""我觉得没有未来"——只是在我们认识半年后的那次分手比较持久和真实。

之后，我忘记了那个男孩。

前几天她出现的时候，第一句话就是"月亮，我快死了，我有好多话不知道要跟谁讲"。

这样的话如果是我说出来，一定没有人放在心上，毕竟我的情绪毫无规律地泛滥，隔三岔五就出现一次"快死了"的情况：等不来外卖我快死了，喜欢的男生不给我回消息我快死了，喜欢的男生给我回了消息我也快死了。但她不是。

每个人身边都有这样一些人，他们离生活很近，他们每天敲敲打打，似乎生来就具备了能把生活打磨得平滑温润的本领。这样的人永远淡淡的，我常以为他们的眼光是不受阻力的，是可以穿过风、雨、雾的。

这样的人说的"快死了"，可能才是真的快死了。

因此，我吓了一大跳，赶紧问她怎么了。

"我想他了。"

我现在是真的怕听这样的话，太矫情。这样的基调铺设在一段对话最开始的地方，我觉得憋闷，是那种想要戏谑又不能戏谑的憋闷。

她完全被自己的圈套囚禁住了。

那天她逻辑完全错乱，不出三句话，就转一个圈儿。

"我知道他不是模范男友，不是好男生，可是他善良啊。"

"我知道他过得不好全是自作自受，可是我爱他啊。"

"我知道认识他很久了，他一直对我不好，可是我们有爱情啊。"

"他就是我的太阳啊！"

"再也没有人能像他一样对我那般好了。"

最后的三句是原话，诗歌体，她说的是"那般"，不是"那么"，就算是说"那样"我都可以理解，但是"那般"真的让我产生了马上转身就走的冲动。

其实对照自己，谁在失恋倾诉的时候没说过诗歌体的话呢？不少人都有对着微博情话默默流泪，然后转发或者改成 QQ 签名的经历吧。

后来我想，大概失恋的时候人们都会变得戏剧性起来，恨不得全天下的爱情故事都根据自己的故事改编，抓住一个剧本就迫不及待地扮演起罗密欧与朱丽叶，还以为观众们会和她一起流泪，或者说，还以为真的有观众存在。

你以为你爱得无怨无悔，可在别人看来，你那是爱到半身不遂。

其实我常常想，真的有"爱情"存在吗？

我特别喜欢《和莎莫的五百天》这部电影，印象最深的就是，Summer 认真地讲："根本不存在爱情，全是幻想。"

后来这一幕被做成经典台词截图，被观众们转发再转发，但爱情到底是否存在却始终没人能论述出一个确定的结果来。

到底存不存在呢？

如果真的存在，那为什么那么多被嫌弃的松子像上帝一样去热烈地爱与寻找被爱，最后都不得好死了呢？如果不存在，那为什么又有那么多清醒克制的人突然间就变成了能被一句情话骗晕的傻子呢？

这几天找我的另外一个朋友，也是一个冷静克制的人。

他永远云淡风轻，说起话来也能轻而易举地找到最出奇的角度，为人聪明，长得也帅，绝对是那种生来就会被世界善待的男生。

我认识他很久了，从没见过他为感情的事情困扰过，通常都是女生们围绕在他身边，摆出千万种甜美来求他一个点头微笑。

前几天他突然说，喜欢上一个女生，完全不知道如何是好。

他纠结的不过是一些小事——那个女孩怎么突然不回消息，为什么线上冷漠、线下热情，为什么良好反馈往往时断时续，并且毫无规律可言……他甚至开始回忆两个人接触时的全部细节，从记忆里找出并排列自己说过的所有话、做过的所有事，试图给女生的异常反馈找出一个原因来。

世界上总有那么一种人，就是电影里的 Summer，他们常说："我喜欢你但不喜欢标签。我和你在一起很开心，但我不想成为你的谁。"他们的世界里只有"该"，没有"想"，就像《小王子》里的红脸先生一样，只知道运算，从未爱过任何人——万物相对，欲望过剩也就失去了欲望。

那个女生就是这样的人。

两方对垒，一旦其中一方做到了清醒有序地攻守交替，那么另一方多半是要方寸大乱的。

男孩完全失去触角，无法判断方向，盲人摸象一样战战兢兢地尝试。越尝试，就越觉得这是一座必要攻下的城池。

于是，在他的想象里，女生被加码再加码。后来，她变成了他幻想中的缪斯、维纳斯，总闪着佛祖一样的金光，款款出现在他眼前。

他甚至对着她的照片反复感叹，怎么会有这么高挑的女孩子，也太好看了吧，好看到让人瑟瑟发抖。如果我不是之前就认识他，如果我不是还记得他很帅、很凉薄的样子，我简直会以为眼前的这个人是一个痴汉矮矬穷。

可见，求而不得使人魂牵梦萦，想入非非使人变得百拙千丑。

我猜，在幻想中的女神面前，他甚至紧张到失去了他的风趣机敏，变得笨拙起来。可是你知道，在流动不畅的关系面前，笨拙永远是致命伤。

后来，我想着那个被朋友无理智迷恋着的、冷面冷心的铁血女孩，开始很羡慕她。

不是每个女孩都被人迷恋过的。

　　所有女孩都是被童话故事给害了，我一直这样认为。为什么我们从小没有被教育要成为英雄拯救世界呢？我们在最小的时候只知道灰姑娘嫁给了王子，白雪公主也嫁给了王子。

　　我们被要求信奉爱情。

　　后来，童话故事里的女孩们的要求从王子降低到了青蛙，我们被告知，人若有情，青蛙也能变王子，野兽也能变王子，爱能净化天地。

　　今年过年的时候见到我五岁的妹妹，她说想去迪士尼。我问她为什么，她捂着脸说因为迪士尼有王子，她要嫁给王子。

　　从那一刻开始，我有点儿绝望。

　　我没有资格问五岁的女孩你为什么要嫁给王子，你除了喜欢王子和公主的故事，难道就没有想过成为神奇女侠或者阿丽塔吗？

　　我没问，因为多数女孩长大的过程就是自问自答过程本身。

　　开始的时候，我们被告知爱情能使凤凰涅槃，能使一切死灰复燃；后来，我们又被告知爱情和玫瑰是一样的，锋利又芳香，绝美又让人受伤，可是即使受伤，爱情的伤也是伟大的，值得歌颂的。

于是那么多女孩在求而不得的路上前赴后继，一个接一个地变成被嫌弃的松子，靠着幻想穿过花丛，赶着去受爱人的重锤。

可是还有少数的一些女孩成了幸运的漏网之鱼，就像Summer，她们最大的爱好就是留长再剪短自己的头发，至于爱，她们毫无兴趣。

女人的爱来自良好回馈，男人的爱出自反应异常。

因此，这样遗世而独立的冷血女孩就在男人们百思而不得解的过程中，被幻想镀上了一层又一层光晕，变得格外动人了。

而女人呢，她们受了锤，就渐渐变得像一头习惯了受锤的牛，一边汗流浃背更加努力耕耘，一边泪流满面被幻想中自己的伟大和奉献而感动。

他们高呼，爱呀，爱呀。

可是这种不可名状的东西到底谁又能看见呢？看不见摸不着，也没有科学家站出来证明，更没有明确的公式来说明，它是如何产生、如何泛滥，又是如何消亡的。

什么都没有。

根本就是幻想，一切爱的产生、发酵、泛滥与消散，不过是一段幻想从活跃期进入疲软期的全部过程罢了。

人类太苦了，才制造出爱来给日子加上滤镜，这样回首往事的时候，才觉得自己镜头感很棒，戏很足，这辈子不后悔，没白活。

Summer 说得对，There's no such thing as love. It's a fantasy.
（爱不存在，只是幻想。）

你什么味儿啊

太仓路新开了一家 TOM FORD（汤姆福特）美妆店，原来这个位置是一个手表品牌，这次去的时候店面重新装潢，黑色镜面，在太仓路上熠熠发光。

这家店彩妆很少，主要是香水。正对门口的是一排五十毫升的香水，基本都是深蓝色或黑色包装。我第一眼看到一个纯白色的，标签上写着 soleil blanc，法语直译过来是白色的太阳，但导购告诉我说这叫阳光琥珀，试了一下觉得太甜。

于是又看到一个纯黑色的，noir de noir，就是 black of black。

我法语学得粗浅，实在想不出文雅的叫法，于是给它取名"贼黑"。试了一下，呛人，过于尖锐，感觉只有亚洲脸超模才能驾驭这款香水，一米八以上极瘦的女人，冷面冷心，黑衣黑帽，并不年轻。

后来又试了几款果香花香调的，觉得都一般般。于是试回了白色那瓶 soleil blanc。导购说，这是奶香调的。

我细细闻了闻，确实奶香。心心念念想买奶味儿的香水。我很喜欢奶味儿，跟奶有关的东西我都喜欢，能同时做到醇厚干净和黏黏腻腻我最喜欢。于是立刻叫导购帮我包好。

然而最后一瓶已经卖完了，只能选择寄售。于是我刷卡，留下地址，空着手走出门。

这款香水五十毫升，门店售价一千九百元，真的很贵了，是我买过最贵的香水。之所以毫不犹豫、不问价钱就叫人包好，也是因为我印象中 TF 的香水价格差不多一千上下，但刷卡的时候还是惊了一下。

在这之前，我最贵的一瓶香水是帕尔马之水。

那时候我在北京，喜欢一个男孩，喜欢他身上的味道，果香，很清淡，非常遥远，低温，就像见面前刚刚剥了一个新鲜橙子而沾染上的味道。

于是很努力地四处寻找这种味道。

无意间在同事身上闻到了类似的气味，说是帕尔马。当时北京只有一家帕尔马专柜，过去找到了最相似的一瓶。橙花的味道，非常纯粹，细闻之下有糖精味儿。

那瓶香水我用了一周就没再用过。留香短暂，几乎是转瞬即逝，而且那时我越来越怀疑那瓶香水，越用越觉得不像那个男孩。我把香水擦在手腕上反复地闻，太甜太甜了，而男孩身上没有甜味儿，一点儿都没有。

后来我去了男孩家，看到了那瓶香水，我没买错，他用的正是那款帕尔马之水。把香水喷在空气中，和我的那瓶一模一样，很单一的味道，就是橙花和糖。

可靠近了男孩与他交谈，味道却又变了。

香水没有错。只是同一瓶香水参与了不同人的体温，挥发出的味道不同。

也许是那个男孩的身体有稀释糖分的能力吧。

不同人的身上确实有不同的味道。

我有个朋友，认识了很久却没怎么会过面。他是个做文艺工作的男孩子，一个清澈俊朗的人。认识几年来唯一一次见面，我们喝了一夜的酒。威士忌擦在手心搓热，闻起来有股玫瑰味儿。

那天我们都喝多了，他借宿我家。躺在同一张床上，我能闻得出他呼吸的味道。非常明确，西柚或者青柠，总之是清冽的苦味儿，混合一整夜的酒，他整个人闻起来都很特别，在某种东西的周遭，阴阳两界各掺半点，半俗不俗。

其实这样已是难得，毕竟大多数人，或者说一个人大部分的时间里，身上只有人肉味儿。

在北京的时候，我还交过一个女朋友，家住二环新街口，我们逛街、吃饭、聊家长里短。

她爱好收集化妆品，桌子上放着的，墙上挂着的，满是收纳袋，里面全是各种香水彩妆，衣柜门上也都挂满包包。很多都是男人送的。这一点我一直比较诧异。

我一直认为能够源源不断获得男人馈赠的女孩一定得特别漂亮才行，可我这位朋友并不漂亮。后来我们也仔细聊过此事，她说，让男人掏钱这事儿，跟漂不漂亮关系不大。女孩要肯为自己花钱，这样看起来是吃过见过的，对于她们，男人也怕露怯。

后来我们为小事闹僵，也就断了联系。

几年之后，我在上海的地铁上闻到一阵香水味，突然想起她来。大概是爱马仕屋顶花园之类的春暖花开的味道。我想起她的书架上也有这瓶屋顶花园，当时她说这瓶香水只能喷在包里和膝盖窝上，斩男的味道需要喷在隐秘且一闪而过的地方才有斩男的效果。

不知道那些男人有没有被她斩杀，反正我再闻到这味道，还是会想起她。

今天收到了 soleil blanc。被快递员敲门吵醒，起来收货，迅速拆开快递，打开包装，把它喷在手腕上，然后回到床上盖起被子继续睡觉。

梦里是在逃亡。有人追杀，我从高楼上逃下来躲进妇产科医院的 VIP 病房，床上躺着一个漂亮女孩，脸上灰蒙蒙的，旁边放着一个新生的婴儿。梦里觉得这个画面过于悲切，我赶忙逃出来，似乎有一个目的，最终要逃到一条大船上去。

后来我醒了。

被窝里全是 soleil blanc 的味道，不是真正的奶味，准确来说应该是椰奶，耍了小聪明的味道，是似有似无的风情在成熟前趋于消散的感觉。它们混合了整夜睡眠被发酵的人肉味儿，变成有气无力的甜美。

味道变了，我急急起床找到这瓶香水。打开盖子闻了闻瓶口，跟我身上的味道确实不同，奶味更重一些，却不腻。

这么说来，也许是我具有藏匿奶香的体质，并能够释放出令人难堪的甜腻。

是什么人，就散发什么味儿，香水是遮不住的。

他们跳到井里去，我们把井盖上盖儿

我看过最傻 × 的一条朋友圈，来自我的高中同学。

大概两年前，那时候是大部分同学的毕业季，人人都在找工作，当实习生。我的这位高中同学在朋友圈发了一条自拍短视频，说："一个女孩子一个月赚多少钱比较好呢？三千块，太少了，房子都租不起。三万块，太多了，女强人没人要的。要我说，一万块，刚好！"

我这同学瞪着眼睛、挑着眉毛、转着脖子、举着手指，整个人发条上满，热热闹闹，十秒之内一口气说完了这么多字。大珠小珠落玉盘，一听就知她脑残。

这个同学一直很神奇，毕业前就开始做微商，卖假货，给自己包装了个名号——小众品牌时尚买手。没事儿去参加一些她口中的"名流晚宴"，实际上就是中了邪的大爷、大妈齐聚一堂的微商聚会。

她的那条朋友圈我一刷到就笑出声来，心想怎么这人变得这么蠢，而后往下一看，发现底下还有同学评论，问她："月入一万啦？"她说："是啊！"

好牛 × 啊。

刚才刷朋友圈，看到一位自居大老板的中年男人发了条朋友圈，说："月入两万，是多数人最好的归宿。一万太少，三万太累，而月入五十万是最轻松的，但你们做不到。"

好牛 × 啊。

这个人是在一个微信群里加到我的微信的，说是给我联系大项目，要把我的文章当 IP 卖了，马上变现，实现财富自由。话说得特别大，我没理他。

后来就常看见他在朋友圈里装 ×，每天都要发他助理的照片，挺漂亮一个小女孩。真是搞不懂为什么要给这种傻 × 当助理。我怀疑他是盗图。

　　我觉得闲得蛋疼没事儿就主动公开收入状况的都是自以为是的傻 ×。他们最先掉进深井，还坐在井底得意扬扬地吹嘘着自己看到的那块儿蓝天是哪一种蓝。

　　值得警惕的是，这种傻 × 传染性很强，当你发现他蠢，你就忍不住想要向他解释，只要你一开口，就会马上也变成跟他一样的傻 ×，于是就像丧尸病毒一样，一传十，十传百。

　　所以，我们要远离傻 ×，看都不要看到。他们跳到井里去，我们就把井盖上盖儿。

与世界发生关系

我一直是成绩比较差的那种学生，但我喜欢学习。

头一次体验学习的快乐是初中的时候，那时候我英语很差，我妈特地找人托关系把我塞进英语老师当班主任的班级，就是为了不让我偏科。

初中的英语班主任长得好看，有气质，温文尔雅的，说起英文时的样子很甜蜜，于是我就喜欢上学英语了。那时我很刻苦，上课一字不落地记笔记，下课把每篇课文都背会，很快英语就从我最差的一科变成了最好的一科。直到高中毕业，我的英语都是优势学科。

第二次同样的快乐发生在数学上。我的数学一直非常差，一百五十分的卷子我基本上每次都考个二十分到四十分，后来快高考了，被逼得没辙，开始好好学数学了。每天抱着数学练习册，每道题都用不同的解法做很多遍，一个学期就从二十分考到了一百二十分。

学习的快乐是突如其来的，在你坚持一段时间后的某一个下午，阳光照到你的眼睛里，任督二脉被打通，高高的门槛儿一下越过，全会了。

学数学、学物理这些体验都是目的性很强的，仅仅用于考试。后来我高中毕业开始念大学，就渐渐体会到了学习的另一种乐趣。

我大学的专业是法语。作为中国人，我们都是学着拼音、在田字格里写字长大的，最多再接触一门英语，从小就有，耳濡目染。这时候，一堆法语摆在面前，那就是乱码。

入学的时候也很困难，先从音标学起。从小就熟悉了 ABC

的英语读法，放在法语里面全乱套了，而且法语的字母排列常跟英语相似，但就是被打乱了，这更容易让人混淆，比如"professor"，在法语里就是"professeur"，念法也随着字形的变化而变化。

仔仔细细地学了一个月，那些原本是乱码的东西在我的眼睛里就有了章法，语感也来得很快。

法语的时态、语态很复杂，包括后置、不后置这些东西，要比英语乱很多。可是学到后来，我渐渐又找到了乐趣。有时候宾语前置的过程就像解一道二元一次方程组，变成一种习惯，就好像我现在看到"婺女"两个字，就总想像做乘法一样，把作为分母的"女"画掉。

这种感觉非常奇妙。

后来我退了学，开始痴迷于瞎学。

我非常喜欢看人跳舞，觉得痛快不憋闷，于是就去学了。

从爵士舞基本动作学起，比如以各种各样的力度转胯转胸（不记得学名叫什么），学了一年，仅仅学会了几个简单的舞蹈，并且没有学会举一反三，看到新的喜欢的舞，仍是不会跳——对于舞蹈，我是一点儿天赋都没有。

但学习的好处我还是感觉到了，没学会跳，但学会了看。

现在我更爱看跳舞了，而且看得津津有味，能看出谁跳得好，好在哪里，起承转合在哪里。因为懂了一点儿，我获得了新的乐趣。

另一个收获就是因为常常拉腰和劈叉，坚持了一年，直到现在我的韧带都还挺软，腰也不容易肥。

我总觉得，学一样东西，就是一种诚意，即使最后没有达到自己最初学习时的目的，但学习本身也会奖赏一些另外的东西，所以根本不用报以很强的目的性。

这是世界上为数不多的公平透明、毫无变数、不用担心和猜忌的事情之一。

在学习舞蹈之后，我又学了算命。

那段时间像个神婆，每见到一个人我都会冲过去要人家的生日时辰，然后迅速排成一张星盘，分析得头头是道。

其实我算过很多次命，有时候准，有时候不准，我对这东西将信将疑，但拦不住我对它的兴趣。

　　学习算命也是有用的，尤其在安慰失恋的朋友的时候。

　　煞有介事地拿起人家的星盘看一会儿，然后抬起头来笃定地看着她的眼睛告诉她："未来你绝对会遇见一个更好的。"同样一句话，会算命的人说比不会算命的人说要有根据得多。

　　另一个用途就是用于击退我不感兴趣但对我意图不轨的男人。兴趣十足地拿来他的星盘，然后遗憾地胡说八道："可惜你克我。"有根有据，一点儿都不伤人。

　　不过最好的一个用途是，这些玄学让我开始有一种无形的自我约束。比如"业力"这一说，我不做对不起别人的事儿，因为总觉得会遭到现世报。后来我甚至知道了"业力"也分很多种，比如"口业"，即你脱口而出的每一句话都会为你累积"业力"。因此我每次打游戏的时候，就算想骂人也会尽力咽回去。

　　后来我工作了，学会了用 PS，学会了剪视频，学会了做

PPT，甚至还学了修音，都是顺便学的。虽然只会最简单的操作，但是工作也变得方便了很多，求人的时候少了一点儿。

最近学的两样东西都是跟写作相关的，一是如何写剧本，二是如何写笑话。

学这两样东西的出发点都是赚钱的。我身边有几个朋友写小说，小说一卖，改成剧本，能赚不少钱。而学写笑话是因为我渐渐发现，人们对笑的需求比什么都大，那我不如投其所好，学习一下写笑话，没准儿能红，红了赚钱。

结果全没学会，都学了个皮毛。

剧本和笑话仍然不会写，但我突然间在看电影、看小说、听段子的时候获得了一种全新视角，我看得到他们其中的结构、逻辑、联系，甚至还能猜得到一些步骤。这个感觉非常奇妙，就像是被上天选中，突然开了"天眼"。

之前看一个忘了具体是谁的大佬的自传，他说他非常渴望能像普通人一样看一场电影、看一本书，就是单纯地看，不从创作的角度去想，这样很累。可我的感觉恰恰相反，因为得到了新的视角，我觉得更加自由，可能也是因为我懂得少，学得浅，所以才能够在感受和感受之间来回切换。

这就是学习的好处，自由。

即使是一瓶子不满，也可以通过学习世界的方方面面找到一些联系——与世界发生关系，学习是一个好办法。

我第一份与写作相关的工作是采访一位潜水大佬。那天跟大佬聊了一个上午，回来就打开了新世界的大门——鱼太有意思了。

于是那段时间，我沉迷于满世界寻找各种鱼的图片，锤头鲨、蝠鲼、翻车鱼、龙王鲸等等，长得都奇形怪状的。我一直觉得陆地上的动物长得都差不多，眼睛鼻子嘴，无非是分布的位置不同，最多有的长毛，有的不长毛，都是那么回事儿。但是鱼真的完全就是另一个东西了，瞎长乱长，有的甚至不长眼睛，有的长了眼睛也长得任性，比如锤头鲨，两只眼睛隔得太远了，脑袋上顶着一个超长的圆柱体，一边一个眼睛，完全是在开玩笑。

过了两年之后，我第一次潜水，完全陌生，结果旁边突然游过一条翻车鱼，就跟老朋友见面似的，心里想的是：哟，你最近在这儿发财呢！

突然就得了一种比潜水的快乐还快乐的小快乐，就像突然手里被谁塞了个小礼物一样。

所以说，学习就像是大门敞开，你不知道下一秒谁会进来，但只要学了，大门就开了，惊喜就在不远处。

我学过最有用的东西是画画。

小时候，我妈为了让我学画画，特别辛苦，每天骑自行车带我走很远的路，再顶着风骑自行车把我接回来。

然而我没学会，学了好几年的素描，到现在也只会排线画个啤酒瓶，苹果都不会画。

但好处就是培养了我的空间感，数学课上的几何题基本上难不倒我，而且还稍微培养了我一些审美上的能力，这个作用在修图上——我至少能理智地不把自己修成妖怪。

在化妆上对我也有帮助，眼线我一学就会，画得还挺稳。

所以说，学了就不白学。

后来，我还在微博上零零散散地学了一些面部结构、肌肉以及骨骼的知识。这个的好处是现在我看到美人，就能清楚地知道她为什么好看，这不仅仅是高鼻梁、大眼睛这种浅显的问题，还有骨骼形态，肌肉走向，甚至是颅顶高低。还是那句话，感觉像是开了"天眼"。

这些零散的学习也能解决我自身的问题，比如现在我清晰地知道法令纹的产生不仅仅是皮肤衰老的问题，其中还包含鼻基底是否凹陷、牙骨是否突出，等等。这让我感觉自己不盲目，不会像无头苍蝇一样看到"缓解法令纹"的字样就花钱。

体会到种种学习带来的便利之后，我开始不太喜欢那些不学习的人了。

我发现坚持不学习的人往往会由于闭塞而更快变老，表现为固执、排斥、不好奇。

他们更容易认命——总是双手一摊无可奈何地说"哎，我不会呀"，像一摊烂泥。

比起不进步、变愚昧、容易上当这些危害，我觉得抗拒学习最大的问题就是辜负生命。

我一直以来的理念都是，人活一辈子，碰到的东西越多越好，世界地图那么大，绝对不能在哪儿生就在哪儿死，老天爷准备了天空、陆地、大海、茫茫宇宙、整片星空，而你一闭上眼就觉得，这跟我有啥关系，学了也用不上。

总觉得自己太辜负生命了，到死的时候最后一个想法都会是自己亏得慌。

不过像我一样什么都学一点儿，全都没学会的也不是很好，容易一瓶子不满半瓶子晃荡，最容易啥也不懂还吹牛 ×。

我最讨厌一上来就把毕生所学和盘托出的人了。

之前认识一个男孩，在美国学金融的。认识不久，我约他来喝酒，结果一进门他点了杯 old fashion 就开始吹牛 ×，给我讲了old fashion 的历史由来、品尝技巧。我嫌他恶心，低头玩手机假装听不见，他就开始跟酒保吹牛 ×，先是说了说美国见闻，以及他们学校的历史和世界排名，然后就说起美国政治、经济问题。这东西我听不懂，所以他是真懂还是假懂我判断不了，但就是被这个人恶心到了。我全程低头玩手机，假装不认识这人，生怕他喝着酒再把毕业证掏出来。

喝了几杯，我被他腻歪到了，准备回家。这个人吹牛×的目的就显现出来了。

他执意送我回去，路上还给我讲了他学到的摄影知识，从构图讲到光影运用，再到相机选择。就像台中了毒的电脑，操作者分明没有任何操作，可电脑自己哐哐哐一个页面接一个页面地往出弹。

后来在我家门口的便利店里，他买了一个面包、一瓶酸奶放在我包里。我心想，这人终于做了件正常一点儿的事情。结果走到我家楼下，在我坚决拒绝他"上去坐会儿"的请求之后，他从我包里把面包、酸奶拿出来了，说："这我明天早点。"

明白了，跟孔雀开屏一个意思，他以为一个女孩会为了他对美国政治、经济的看法，以及他对摄影的理解而跟他睡觉。

他连基本常识都不懂——知识、才华，以及见解这东西根本就不是靠性交传播的。

这种人最让我鄙视，花了好多功夫，沐浴了老天爷不少美意才学到的东西像一根根漂亮的羽毛，而他们如此轻易地就能将这些羽毛拔下来，就是为了交配。

所以，默念"我是傻×"，能帮人做到每天少说40%以上的蠢话，而相信自己就是傻×，能够额外获得20%的进步加持。

芥川龙之介有句话，"我们人想要活下去，还是要相信一些人以外的、其他东西的力量"，这个力量在我看来就是莫名其妙的好奇与学习欲望，就像偶遇真爱一样，是缘分，是安排。

因此，精明人保持清晰的精明，事事有方法，而傻×却总能在神秘力量中获得恩赐，处处是惊喜。

终于，我丧失了羞耻心

我下过很多次决心，告诉自己不要再说话了。

回想起有生之年所有的蠢事，几乎全是由说话引起的。

一年前，我入职了一家文化公司，老板是社会名人，我看过不少他的八卦，入职以前就一直在想，真人到底是什么样的。

入职第一天，我在电梯里遇见了这位老板，他站在我身边，浓眉大眼，个子不高，我一直在想这到底是不是他。电梯门一开，门口的同事纷纷向他问好，我才确认下来，原来就是他呀。心里想的事情脱口而出"他就是老板啊"，后边又补充一句"这么矮啊"。

后来公司召开了迎新会，自我介绍时按照我一贯的作风，像面试一样把简历里所有耀眼的东西都拿出来说了一遍，末了总结了一句："我是个作者。"

很谦虚了，我没敢说"作家"，毕竟我连书都没出过，只是写过几个自认为不错的小故事而已。

结果站在前面的老板头也不回地说："在我们这里，写作不是特长，是基本技能。另外，作者在我们这儿，指的是易中天他们。"

我羞愧难当的同时又有点儿愤怒，心想怎么这么不给人面子，他像八卦里一样讨厌。

可是事情才过去一年，我就开始为说过的话懊恼了——一点儿怨不着别人，是我见识浅薄又自以为是，丢人现眼了。羞愧至今，以至后来看到这家公司的春季招聘简章时，我还是会想起那时那刻的尴尬，羞得面红耳赤。

之前的另一家公司，同事们常常一起吃午饭。我必点的一道菜是辣子鸡，整个盘子里铺满辣椒，鸡块也全部被辣椒包裹起来，非常辣。

　　有一个女同事吃不了辣，所以每次有她在，我就不点这道菜。

　　结果有一天我去晚了，没赶上大伙一起吃饭，于是就自己单开了一桌点了辣子鸡。上菜时我隐约间听到谁说了句"又点辣子鸡"，回头再看，那位不吃辣的女同事正看着我，而那边的桌子上也放着那道辣子鸡。

　　我立刻就要气死了，心想着怎么一起吃的时候不让我点辣子鸡，我不在了你们倒是吃上了，我不跟你吃，还不让我点？！

　　我直接去找她，问刚才那句"又点辣子鸡"是不是她说的。她说不是，旁边的同事也都说没听到有人说这句话。这些同事里还有我的好朋友。

　　于是我更生气了，心想怎么合起伙来欺负我呢？

　　我气呼呼回到公司，整个下午满脑子都是辣子鸡，心想：不是跟我一起就不吃辣子鸡吗？我以后天天点辣子鸡，看你吃不吃。

这个想法在脑海中闪现之后，我就觉得自己非常恶毒，就像古代宫廷里那种为琐事害人的妃嫔一样。我知道自己不会这么做的，但又实在是气不过，于是就决定把这个想法四处宣扬出去，直到人尽皆知，才能化解我的愤怒。

　　我直接在公司微信群里发消息说，周一中午我要打包二十份辣子鸡，谁不吃我就拉黑谁。

　　公司同事也都是好心人，不跟蠢人一般见识。他们纷纷好声好气问我怎么了，我就把中午的事情说了一遍。

　　那位是我好朋友的同事年长我十三岁，叫索菲亚。她过来找我，我不理她，觉得她背叛了我，还跟别人合伙欺负我。

　　结果她还是坚持安慰劝解我一下午，告诉我，除了我，真的没有人听到过"又点辣子鸡"这句话，还帮我梳理了一下之前不吃辣的同事也没有说过不准我点辣子鸡，只是我一看桌上有人不吃辣，就在自己脑海里自动形成了一条约束而已。

　　我回忆了一下，好像真是这样的，于是气消了，事情就过去了。

可是时隔两年，我还是会常常想起我在微信群里怒吼的样子，觉得非常丢人，我怎么会做出这种事。

后来我跟索菲亚见面逛街，她常常提起这件事，说我"怎么那么傻 ×"。

我常常希望朋友高于一切，我希望我们在同事关系之上还有一层朋友关系，我希望人人都爱我、欣赏我、佩服我、原谅我。我非常迫切地渴望认证。

于是才会无休止地讲笑话，在大伙面前刷存在感，获得笑声、掌声、赞美声，然后忘乎所以，小心眼上线，像谈恋爱一样在乎每个人的一举一动，抓住他们不放，一遍又一遍地质问他们，是不是不爱我了。最终把一切欣赏都搞丢。

我把这个在环境中得宠又失宠的过程称为"人群魔咒"。"人群魔咒"在我身上每每应验，于是我渐渐变得拒绝人群。

后来，我拒绝入职，拒绝成为任何一家公司的固定员工。"圈子"这个词实在是太让人害怕了，在我看来这不是人与人之间的

网络，而是每一个"别人"手拉手围成的一个圆圈，他们围观着
站在中间的我，而我也任由自己丑事做尽，颜面扫地。

最近，我又入职了一家公司，是每天都需要走进办公室的
那种。

入职前，我就制定好了一份严格的计划——不主动加同事微
信、不在群里说话、尽量少跟同事交流……总之，做个透明人。

这家公司氛围很不错，人与人之间不交流，大家戴着耳机各
忙各的，就连站起来倒水都行色匆匆。显然，人际交往并不在他
们的工作范围内，甚至工作一个月我都不知道同事的名字。

仔细观察之下，我觉得这家公司的老板应该是在职场上遭受
过打击的。

他是个年轻人，平时少言寡语、面无表情，上班下班都不走
正门，每次都是悄无声息地从后门溜进来，直接钻进办公室，并
且再也没有动静。没有朋友圈，只有一句微信签名：抛开斗争，
挽起衣袖，潇潇洒洒地走，不问以后。

我甚至觉得这个老板是极不情愿地经营着这家公司，有点儿退而求其次的意思，不谋发展，不想突破，保持现状日复一日就好了，所有野心都被剔除了。

　　他跟市面上那些流着眼泪煽动员工，恨不得整个团队一起烧香拜把子的老板截然相反。我喜欢他这一点，囧乎乎的，反倒显得智商高。

　　我想他大概是被之前的某次职场经历恶心到了，于是心和血都冻成冰块，把自己的公司搞成了这样的"企业文化"。

　　不过我认为这样的企业文化非常好，没有团建，没有聚餐，也没有长篇大论的会议，大家只是同事，互不相识，在同一个电梯间里遇见都未必能认得出彼此。

　　可就是这样互不理睬的同事关系，都已经让我足够烦恼了。

　　非常讨厌——坐在我周围的女孩们键盘声音都特别大，每次她们集体打起字来，我都觉得这些人在偷偷联机玩劲舞团；有个女同事腰背特别直，每天能直挺挺地支棱八小时以上，我觉得她很累，每次经过她身后都很想照着后背踢一脚，把她踹弯；所有的男同事，我是说所有，他们在这一个月里从来没有换过衣服，每个人像动漫人物一样有一套固定的发型、着装；开会时所有人都轻声细语，尽量减少语气助词，"他妈""握草"这些完全可以当成程度副词来用的东西也是绝对避免的，这是职业病——所有编辑都爱这么说话；有位胖男生，每次开会时发言超过两分钟，嘴角就会溢出白沫，我感觉这个人好臭……而且这个人非常傲慢，自己写的东西是一堆狗屎（在我看来），还常认为别人才是狗屎制造机。

我就被这位口吐白沫的胖胖男孩批评过。

第一次跟他开会，我甚至都不知道他的名字，他就先说我写的题目是个病句，煞有介事地分析起题目的主谓宾来。

开始我还是比较能够跳脱出来的，一副"哦，你好厉害"的表情，可是后来这个胖胖男生越来越厉害，说完标题又开始说我文章割裂，前面写得不对，后面发散得也不好。

超专业的，搞得我一下不能冷静，只想打他，以至于到后面我已经听不见他在说什么了，大脑一片空白，眼睛看到的也只有他白白胖胖的脸上浅粉色小嘴慢动作一张一合，像条鱼，嘴角还渐渐溢出白沫。

他点评得超爽，爽到眼眶湿润，快要有眼泪流出来似的。

有好几次我想反驳都被他打断了，于是我就只能看着他一张一合的小嘴和渐渐溢出眼眶的眼泪，等他说完。

我组织了很多逻辑严密的语言，预备着等他话音落下就一举将他击垮，可最后还是被他脸上的泪痕和嘴边的白沫给搞晕了。他话音落下，会议室一片安静，我脱口而出一句："哥，你结婚了吗？"

太丢人了，甚至想哭。我拿起手机给男朋友发消息吐槽这件事儿，手指却一直发抖。看着手上亚光枚红色的指甲，我觉得太娘了，就是这个指甲把我给毁了，于是散了会我夺门而出，把指甲换成了亮晶晶靛蓝色——很有科技感，像那种被得罪了就用眼神洗别人的脑，让对方自动下跪道歉的未来女神。

被胖胖男孩批评过的当天下午，我们在楼道里走了个擦肩。我对他翻了个非常夸张的白眼，之后又迅速觉得，过不了两个月，我就会为这个白眼而感到羞耻。

　　这个世界上没有任何人能够比我傻 × ——过了两个小时，我就为这个白眼感到羞耻了。

　　冷静想想，也许这只是一帮正常无比的同事，一场正常无比的会议，并没有人在意我，而同事说的话也只是对文章不对人，可是为什么一切在我眼睛里就会像装了放大镜又按下慢速播放一样，值得留意并且历历在目？

　　因为我是个傻 ×。

　　回想起来，我简直不能更傻 × 了，而且就算不说话也解决不了问题。

　　还是两年前那家我因为辣子鸡闹事的公司，那是我在上海度过的第一个夏天，非常热，在街上走十分钟汗就会流到眼睛里的那种。

当然我办傻×事的原因之一是天气，这是客观原因，最主要的原因还是我本人，因为我就是个傻×——我觉得自己非常漂亮，是整个大厦乃至整个街区最靓的女孩。

过度自信和天气炎热导致我那一整个夏天上班着装都是真空穿吊带儿。

领导看着我说："我工作十几年了，没见过像你这么穿衣服的。"

我非常自豪，内心回答他一句，因为我漂亮。

这种事儿简直蠢到回想一次内伤一次，可即便我次次被回忆蠢伤，也挡不住我马不停蹄地继续傻×。

"觉得自己非常漂亮"这个症状每隔几个月就会发作一次，最近一次就是在现在的这家公司。

有一次，我走出卫生间，隐约间感觉跟在我背后的是一个同事，我下意识地认为他一定在欣赏我的曼妙背影，于是就甩起来了，像走 T 台一样迎风走回了办公室，回到工位坐下才发现，连衣裙背后的拉链没拉，而且裙子一角塞进了打底袜里。

　　站在同事视角回想一遍走廊 T 台秀，我丢人丢得想辞职。

　　小时候我是傻 × 而不自知，长大后我渐渐醒悟，隐约意识到自己之前做过的事儿件件傻 ×。两三年前不觉得，总认为等我再长大一点儿，我就不会那么傻 × 了，变成一个不需要在深夜自省时为自己做过的事儿羞到失眠的正常人。我认为这是自然而然的事儿。可是直到现在，我都快二十五岁了，傻 × 事儿还是办个不停，我就有点儿慌张了。

　　傻 × 认傻 ×，一认一个准。排除了生活中跟我一模一样的傻 × 青年，我有留意过那些四平八稳、滴水不漏的正常人。他们要么十分内敛警惕，熟知言多必失，于是习惯性疏远和隐藏；要么就特别敏感且不放任自己的感受，属于训练有素的克制型人才。

　　这两种人，成为哪一种对我来说都太难了。

前几天，我看了一部 BBC 纪录片，是关于两岁前儿童的一些调查和实验。实验结果显示，一个人的诸多特质，例如性格、爱好、同理心、理解能力，以及共情能力，都是在两岁前就已经形成的。

同事问我："看完之后是什么感受？"

我说："沮丧。这部片子告诉我，我是傻×，而且天生就是，这一点无力回天了。"

知道了这个真相之后，我倒是没有那么焦虑了。傻×有傻×的好，一无所有又目中无人的感觉，以及忽上忽下、忽冷忽热的体内空气，并不是每个人都有机会体验的。

我又开始自恋了。

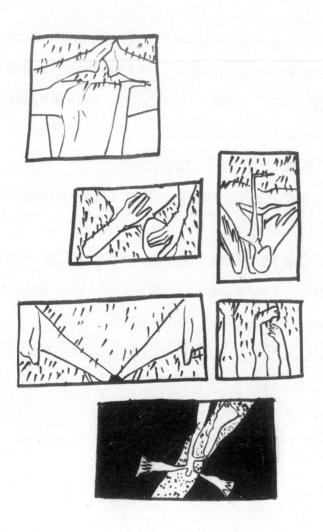

像一块儿被一只特定的狗标记过的墙皮

很小的时候，我非常讨厌"她"这个字，女字旁一个也，字形很丑，有一种活该被耻笑、低人一等的卑贱感。

我的小学老师骂人的时候喜欢含沙射影，句式常是"我们班好同学××、××和×××，居然会和一个差生一起玩儿，某些人不知廉耻，她也不知道不好意思"。

这个"她"就是我。

小学时，我有个小姐妹组织，五个女孩，她们要么是家境很好又品学兼优的，要么就是擅长舞蹈乐器、长得漂亮又有气质的，总之都是能在老师和家长那里得到优待的孩子。而我是个例外，我样样跟不上，她们跟我一起玩儿，是因为我能够冲锋陷阵。那时候，《飞天小女警》非常流行，小姐妹们里两个人扮演红色披肩发、漂亮的花花，两个人扮演黄色双马尾、古灵精怪的泡泡，而剩下的那个黑色短发、假小子毛毛才是分配给我的角色。

那时候，我家里很穷，没有固定的地方可以洗澡，只能去外面的公共浴室，而公共浴室又是要钱的，所以我妈就带我去我爸单位的澡堂里洗，一周只洗一次。买衣服也是有固定时间的，基本上就是开学、放假、儿童节，以及过年各买一次，其余时候衣服不够穿，就穿大我五岁的表姐淘汰下来的衣服。表姐小时候很胖，她的衣服传给我之前都要拿给我奶奶去改一下裤腰——肥肥的裤腰上串一条松紧带。于是，童年的我总是穿着不合适的衣服，臭烘烘的，也不洗头。尤其是周五，老师上课时经过我身旁都会拉起我的辫子说："你这头发都油得立起来了。"然后再对同学们说："咱们班某些人，还是个女孩，洗洗澡吧，真不要脸。"

不过对我，老师还算是客气的，因为虽然我家很穷，但还是有一部分钱拿来给老师送礼了。我父母送的礼虽然比不上别的家长送的那么能入老师的眼，但也能让老师忍着不喜欢我的心情，努力摆出一副"严师出高徒"的姿态。

然而对家里更穷的孩子，老师就不这么客气了。

班里有个男孩，我到现在都还记得他的名字，叫壮壮，他家是炸油条的，连饭馆都算不上，就是一个摊位。

家里不给撑腰，这个孩子学习又不好，老淘气，所以老师特别恨他。有一回，老师拿着他的卷子直接说："卷子咋这么脏？你妈给你放油锅里跟油条一起炸了？"说完就把卷子撕碎摔在他脸上，扇了他几耳光，然后把他一脚踹开了。全班同学哄堂大笑。

还有一次，语文课上讲《沁园春·雪》，老师说，这首诗体现了梅花独领风骚的精神。"风骚！"壮壮坐在后排跟一些男孩偷笑起来，老师不高兴了，点了壮壮的名字，又是一顿骂。

现在我二十多岁了，如果要我马上骂人，把储存在脑海里最狠毒的词全拿出来，那些词汇绝对都是小学老师在课堂上说的。

老师总是口无遮拦地对同学们差别对待，骂男生的时候就直接骂，但骂我的时候老师总会加上"一个女孩"这个前提，就好像因为我是个女孩，所以我就得罪加一等，因此我非常讨厌我的性别。

有一场脑内活动，我印象很深。

老师拿着卷子又开始影射我，说："咱们班有个同学，学习不好，还爱跟学习好的玩儿。一个女孩这么不要脸，我都替她丢人。"当时我坐在教室后排，知道老师说的是我，我眼前突然看不见黑板，看不见老师，也看不见前排的同学们，满眼只一个大大的"她"字。我觉得非常羞耻，因为这个"她"，我的成绩差就变成了另一种程度更深、罪责更重的成绩差。

高年级的时候，我每天都在祈祷，千万千万不要来例假，不然我就更像个女的了。就好像我一旦来了例假，就不能扮演假小子的角色冲锋陷阵了。我害怕失去价值，然后被我的好朋友们抛弃。

幸运的是，我到初中才来例假，算是晚的。

可不幸的事儿还是会落在率先来例假的女孩子身上。

最早来例假的女孩外号叫"猪蹄儿"，因为她白白胖胖，刚过十岁，胸就长得很大，总是把校服衬衣撑出一条若有似无的缝隙来。

发育得比别的孩子早，学习又不好，这是引起事端又无力反抗的最主要的两大因素。

关于猪蹄儿的流言蜚语特别多。我印象最深的就是一次回家的路上，看见几个男孩子在打她。起因是男孩子们偷偷说她被附近的几个初中生轮奸怀孕了才这么胖，猪蹄儿不服，过去争执，结果就打起来了。开始是互殴，但一个女孩绝对打不过一群男孩，于是后来就变成了被打。

事情是怎么解决的我不记得了，只记得我路过的时候看了几眼，犹豫了一下要不要帮忙，但又怕过去了也会挨打，就边继续战战兢兢地祈祷着我不要来例假边走开了。

后来，我再也没有跟猪蹄儿说过话，觉得对不起她，不敢
看她。

其实被欺负并不是只有成绩差的女孩才会遇到，发育较早的
女孩即使成绩很好，也会遇到。

那时候班里有个女班长小凡，高高壮壮的，一头短发，她也
是最先来例假的。

这个消息传出来是因为有个男孩，叫飞飞，是她的同桌。他
在女班长的书包里发现了卫生巾，于是趁课间女班长上厕所的时
候偷了一个贴在黑板上，还写了几个大字："小凡屁股出血了！"

男生们嘻嘻笑着，互相推搡着，女生们也捂着脸笑，好像不
笑就是跟来了例假的人结成了同盟似的。

还好女班长脾气火爆，又雷厉风行，回来看见黑板上贴着卫
生巾，大家都在笑她，就直接把飞飞按在地上暴锤一顿，然后拉
着他去找老师。飞飞被叫了家长。他爸来到学校，在楼道里当着
全班的面对他一顿胖揍，这事儿才算过去。

可女孩子的阴影还是留下了。我每晚睡前都愈发虔诚地祈祷，千万不能来例假。

我并不打算把这本书写成一本残酷青春伤痛文学，可就这么实实在在地回忆童年，再诚恳地写下，就写成了一本青春期伤痛故事集。

我总觉得人性本恶，人类是逐渐长大逐渐变得善良的，这其中有教育、交流，以及科技进步使信息差变得越来越小的功劳。因此，我身边的朋友有了小孩子，我都会非常紧张，生怕小朋友也经历一个跟我相似的悲催童年。

前几天，我一个好朋友的孩子出生了。这个朋友叫圣霖，本来是摇滚青年的朋友，是个吉他手。后来，我跟摇滚青年分了手，而我们变成了好朋友。

我们上次见面的时候，圣霖刚刚跟交往四年的女朋友分手，正处于一个浪荡自由的状态。后来，我来了上海，我们两年没见。

去年年底刷朋友圈的时候突然看见他晒结婚照，我吓了一跳，跑去问他，才知道他跟一个认识不久的大飒蜜结婚了，而且飒蜜已经怀孕了。

看他常常晒 B 超里孩子的图像，我越来越紧张，心里想着，千万别是个女孩。

前几天，他老婆进了产房，我变得特别焦虑，好像这个孩子跟我有多大关系似的。我跟圣霖一起等，五分钟给他发一次消息，问他孩子出来没有。

"千万别是个女孩"这个想法出现得越来越密集，我问圣霖，你想要男孩，还是女孩？

圣霖说，男孩也好，但最好是个可爱的女孩子！

结果真是个女孩。

我赶紧发了个红包，然后用孩子出生的时间做了张星盘——双鱼座，月亮巨蟹，上升也是巨蟹，金星双鱼。所有重要的行星全部落进了水象星座，是一个非常女的女孩，温柔敏感，腼腆内向。

我想这是好的，一个柔软的女孩总是会被周遭一切温柔相待的，不像我这种一生下来就梗着脖子中气十足地号啕大哭，搞得等在产房外的我爸一听就非常笃定地判断是个男孩的女孩。

小宝贝小名叫福音。这个名字好，给孩子增添了一层庇护的感觉。

实际上，我对身边所有的小孩子都过分紧张，尤其是小女孩。

我有一对双胞胎妹妹，她们在我十八岁那年出生，今年才刚上小学。

异卵双胞胎，长得不一样，性格上的差别也很大。

老大可可长得像妈妈，双眼皮，大眼睛，特别爱笑，长得非常像缩小版某演员。小女孩嘴巴很甜，每次见到我都会说"姐姐我好想你"，然后一把抱住我盯着我看，问我眼皮上亮晶晶的是什么，口红能不能借她涂一下，还说我是她认识的最好看的人，在电视上看见某演员，非说那是我，问我是不是去演电

影了。不知道她是不是真的这么想，反正可可这个小丫头绝对
是个人精。

　　而老二心心就不一样了，她长得像爸爸，肉嘟嘟的厚嘴唇，
小单眼皮的眼睛长长的。如果按照"三岁看大，七岁看老"这个
原理来讲的话，可可长大会是一个大甜妞，人见人爱、人缘儿特
好的那种，而心心则更像是一个永远一张厌世脸的超模，冷酷女
孩，生人勿近。心心不喜欢女孩子的玩意儿，她喜欢玩具枪和赛
车，只穿牛仔裤，拒绝长头发，跟谁也不亲昵。可可搂着我的脖
子，心心就在旁边斜着眼睛"切"一声，然后趴在我耳边说："她
可烦人了。"

　　有一回过年，可可兴冲冲跑来找我要口红。我拿给她之后，
她开始雀跃着讲，春天要来上海找我，要去迪士尼。我问她为什
么，她说因为在迪士尼可以穿公主的衣服跟王子照相。

　　突然间，我就非常紧张，看着眼前这个比水蜜桃还嫩的小妹
妹想未来她会遇见什么。

比如欺负人的老师，比如捉弄她的男同学，甚至再往后想，还有让她心碎、让她知道这个世界上根本没有王子的渣男。

　　而一边的心心却又拿起玩具枪过来跟我说："你给她画口红，我告诉我爸去！"

　　心心这个假小子就更让我担心了——一个不像女孩的女孩，她要面临的可是环境中撕裂的眼光，甚至周遭的人会要求她照她该有的样子打扮做事，因此想要随心所欲，就得不断抗争。

　　也许我的担心是多余的，我不知道现在小孩子的成长环境比我小的时候开放自由了多少，但是她们生为女孩，免不了会遭受些专门施加给女孩子的苦楚。

　　我初中的时候，看过唐敏的散文《女孩子的花》，她说："女孩子是一种极其敏锐和精巧的昆虫。她们的触角、眼睛、柔软无辜的躯体，还有那艳丽的翅膀，仅仅是为了感受爱、接受爱和吸引爱而生的。她们最早感到灾难，又最早在灾难的打击下夭亡。"

当初看完，我深以为然，是啊，女孩子应该漂亮、柔软，而毕生事业就是爱与被爱——十几岁的我这样以为，我相信很多同龄人在十几岁的时候也是这样想的。

可是渐渐地，我发现，身为女孩，我遭受到了很多羞辱。

"女生数理化不行""学历是最好的嫁妆""女生不能赚太多钱，会嫁不出去的""女孩不宜离家太远""女孩子家的不能半夜出门"，等等，全是限制。

就像我之前说过的，我小学的时候，有女生因为来例假而遭到羞辱，身为女孩，有时候我们的身体都不能自己做主。

两年前，我一个人去了趟普吉岛，收到的消息全都是"女孩子怎么能一个人出国旅游"。而我去旅游的那几天，从来没有穿过内衣，一直都是真空套一条连衣裙出门。我妈直接发来消息骂我："太不要脸了，袒胸露乳，都激凸了，你去国外勾引谁？"

谁说不能激凸的，乳头这东西我长着，我穿着让我舒服的衣服衬出了它的形状，这有什么不对的？非要按平才算是遵循真理吗？他们不关心，他们只觉得我这样简直是在裸奔，是心怀不轨地勾引男人。而从来没有人问过我，空荡荡地穿着一条真丝连衣裙，躺在海边的风里，这感觉到底有多自由。

谁规定女的就得穿胸罩，不穿怎么了？

书里说"女孩子长着美丽的触角和艳丽的翅膀"，那为什么不能露出来，很奇怪。

那天，收到我妈给我发来的消息之后，我突然就想到《浪潮》里的那段对话——

"他们像对待麻风病人一样对待我，就因为我不穿白衬衫？"

"那你为什么不穿？"

"很简单，我不想穿。"

就是因为无数诸如此类的蠢问题，作为女孩，想要自由自在，就得付出代价——不断解释、反抗、成为话题中心，以及跟奇怪的目光拼命对峙。

若能够拥有对峙的力量，那真是幸运了，因为在成为女孩的道路上，大部分人被洗脑、被阉割了。

比如质疑我不穿胸罩的人是我妈而不是我爸；比如至今我还会见到办公室里有的女孩来例假，拿个卫生巾都要遮遮掩掩；比如非常多的女生信奉着"干得好不如嫁得好"这种烂道理，一天到晚讨论撩汉秘籍，蓄势待发、削尖了脑袋也要找个有房、有户口的人，买断自己的青春。

我一直认为，相比男人，女性敌视同性的思想更加根深蒂固。

忘了之前是在哪本书里看到的，说在远古时期，性别分工是——男人负责在外狩猎，获得物资，而女人负责内部分配，消化物资。因此，男人与男人之间更多的是合作，而女人与女人之间主要是竞争。

这才有了后来那个不解之谜——为什么女生宿舍里总有钩心斗角，为什么女性之间的友谊更加薄弱？

最开始的时候，也许女人间真的是竞争关系，而后来女人们彻底变成受害者——裹脚、不能出门、以夫姓和父姓为名，等等。

那是因为在过去，女人整体受男人支配，很多事情是不得已的。

就是这样的基因记忆遗留下来，再加上性别教育不充分，很多女性只听不想，这才导致女人中的很多人不允许自己激凸，不允许自己暴露身体，不允许自己感情史丰富，甚至不允许自己光明正大地来例假——她们发自内心地瞧不上自己的性别——充分地自我暴露和使自己掉价是画等号的。

但要知道，人类是一直在进步的。

社会发展到了今天，放眼望去，我发现女人往往比同阶层的男人更加优质，她们既能保证自己的外在魅力，又能兼顾强化生存实力，能赚钱，能养家，能把自己打理得井井有条。我身边像打了鸡血似的每天兼顾健身、学习和工作的，往往都是女的，她们时时刻刻保持着箭在弦上的状态，怕的就是落入背后那个血口大开、稍有不慎就会陷入的泥沼。

这时候你会发现，相互搀扶和慰藉的，往往是女人跟女人。

而男人倒是显得过于自信了，他们把一切问题都归咎于有钱或没钱。钱，是男人衡量自己的唯一标准，而他们衡量女人所用的标准却是宽泛的"优秀"——这其中的逻辑是：有钱的男人就有资格自由无阻地强调女人的综合素质，这是买卖。

但是随着思想的逐渐开放，女性意识的不断觉醒，社会上又出现了另一类不思考的、像风中的沙子一样任由繁杂的信息搅动的女性。

她们是得寸进尺型的。

这一类女的上网看见现在女性解放的信息，突然就拿出一副翻身农奴把歌唱的架势，非要把男人踩在脚底下不可。

这类人在亲密关系中最常见。

之前，我在某App上看到一大批吃草莓的视频，具体操作是：老婆拿起草莓，把最甜的草莓尖儿吃掉，然后居高临下地把草莓屁股扔给蹲在旁边奴才似的老公。与之类似的还有吃西瓜，女人吃心儿，男人吃皮儿。而这一切最终得出的结论是：我家男人特宠我。

这个"宠"字，衍生出一大堆"男友求生欲的表现"——男人的副驾驶座是女友的专属王座、不能给别的女人点赞、情侣之间要用彼此的照片作为屏保，等等，甚至还出现了"如果一个男人拒绝在朋友圈发你的照片就是不爱你"这种"铁律"。

每每看到诸如此类的信息在疯狂传播，我就觉得浑身汗毛竖起。

一旦确定恋爱关系，就必须给男人身上贴上自己的标签，就像出口猪肉盖章一样——男友在电影院帮陌生女孩拧开矿泉水瓶盖都能引起全网大讨论，不用女友照片发朋友圈的男友是否应该分手也值得被讨论。

甚至"男友求生欲表现"这条话题都上过热搜，而网友的评论全是祝福和羡慕。

我们怎么从一个极端突然跑到了另一个极端？女人的三从四德刚刚被撤下，男人的三从四德又上线了。

其实归根结底还是这些女人心虚。

我关注了很多整容博主。

要知道，整容是一件非常严肃、需要大量知识储备，以及强大心理建设的事儿——大量学习，不断调查收集，然后以身试险，在脸上挨刀子，最后经过漫长的、疼痛的、煎熬的恢复期。这很需要勇气。而很多人，尤其女孩，她们为了漂亮，能够咬着牙做到这些，这非常不容易。

因此，我常觉得整容博主更加优秀，她们的驱动力就是强大的自我要求。

然而，关注了越来越多的整容博主之后，我发现，在她们的内心深处，遭受这种种煎熬竟然不是为了自己。

曾看到有个博主说，最近准备往两腮填充硅胶，原因是她觉得自己脸太尖，"男人喜欢圆脸萌妹"。

后来，我注意到越来越多诸如此类的整形原因——"男人喜欢大胸，但不喜欢太大的胸，因此我要把我的 B 隆成 C，尽管区别并不大""初恋脸更容易获得异性好感，因此我较宽的双眼皮要去填脂肪变成小内双""整容真的很有用，之前的男神喜欢上我啦"……

为了获得欣赏，不惜往手术台上躺。

为了这类人，整容项目也在不断更新。

私处整形和乳晕漂色是非常魔幻的两个存在，而发过"为了男人去整容"言论的博主却趋之若鹜。

其中逻辑很明显了。

如果整容离大多数人的生活太远，那我再举个随处可见的例子。

有段时间，各大品牌的口红、香水的营销文案一水儿全是"斩男"，但凡被冠以"斩男色"或"斩男香"的产品都会成为同类中的爆款。

我自己花钱买来的东西，涂在我的脸上，最大的作用竟然不是让我心情愉悦，而是能为我吸引来几个歪瓜裂枣的追求者。

真够魔幻的。

在"斩男"字样刚刚兴起的时候，大概是三四年前，有一个现象级营销案例——YSL 的一款口红刷爆了朋友圈，随后马上断货，价格都被炒到天上去了。

那时候快到圣诞节，我看到了一条段子—— 一个 YSL，一盒避孕套。意思是，平安夜手握 YSL 的男人必能过上一个香艳无比的夜晚。

我相信这个烂段子一定是男人编的，但更可气的，是女人不争气。

朋友圈不断有女生沾沾自喜地晒出男朋友送来口红的照片或转账记录——就像晒结婚证和钻戒一样，是一段关系忠诚牢固又神圣的象征。而各大营销号也开始不断发出男生因为买不到 YSL 而被分手的聊天记录，这是用一支口红来给女人的爱情标价，同时使拿到价格标签的男人或焦虑、或骄傲。

好好的口红，就这样变成了嫖资。

我敢确定，那些要求"男友求生欲"、渴望 YSL 证明爱情，以及为男人整容的女生，跟来例假时会用卫生巾小包悄悄把卫生巾藏好的女生是同一波人，她们在每一场女性歧视讨伐战争中都冲在最前排，然后在回到被窝的深夜里偷偷下单各种斩男产品——不假思索被信息左右的人，也是对自身愚昧浑然不觉又沾沾自喜的受害者。

其实回头想想，女人们手握"斩男"宝典，像小狗撒尿占地盘一样急于通过贴标签霸占一个男人，还不是因为她们在下意识地跟自己的同性竞争，生怕属于自己的被抢了去。她们反复验证男人的"求生欲"，也不过是不断检查自己的位置是否还处于理想的范围内。

可以说，这些女人尚未进化。

真是愚蠢，这类女人特别让我失望，我觉得她们一点儿都没有把握是非和独立思考的能力，真是好不争气。

而她们这么做，最终心满意足得到了的那个"宠"，才是露出了马脚——只有被供养、被追捧、被手提肩扛脚不沾地才算是被爱——她们从不知道肩并肩是什么意思。

不敢讲我现在在"认识自己"这件事儿上做得有多好，但至少进步的一点是我不再为"她"这个字而感到恐惧和屈辱。

公开讨论女性生理常识和性知识、公开感情史、充分自我暴露、拒绝穿内衣，以及随意选择暴露服装，这些事儿我现在做起来坦坦荡荡的，前提只有一个：我舒服。如今，我仍能注意到一些来自周遭的奇异眼神，可是这些眼神常常让我感觉有那么点儿爽——一种撕裂蒙昧的舒畅。

但我其实是尝试过服从的。

被驯服是一件能让自己过得更加舒心的事儿。当一个人被大多数规训，也就意味着她即将进入大多数，成为有力团队的一员，这会使生活的归属感和认同感更强。简单来讲，就是更加快乐。

因此，曾有一段时间，我很努力地想在人群中扮演一个小透明，表现为每天早晨站在衣柜前，不停地拿起一件又一件衣服，并联想我身着每一件衣服时周围的反应，直到挑到反应最小、最不引人注目、最"得体"的那一件为止。

　　可我这个人最大的毛病就是过于敏感，沟通能力极差，情商也低得可怕，所以无论我多么迫切地想要融入集体，最后都无法面面俱到——总在小事儿上出些差错，最终还是会被侧目、被讨论。

　　后来累了，就放弃了，索性直接丢盔卸甲，做出更多让人不解却使自己自由的事儿。

　　成为集体中的一员，成为某人的某人，这些事儿都是要放在成为自己之后的。

　　因此，我总是不想男朋友用我的照片发朋友圈，这让我觉得自己像一块儿被一只特定的狗标记过的墙皮，而反复强调我们之间的关系。而虎视眈眈地霸占着"女朋友"的位子是我更不喜欢

的——假想着森林中有无数双眼睛，而我是阳光下的正房大老
婆，蓄势待发，永远保持战备状态，为了不存在的、即便是存在
也无足轻重的那些荒唐的可能。

其实，在女人过度紧张的氛围里，男人也变成了受害者。

我始终不能理解，能够欣然接受"求生欲"要求的男人自尊
感到底有多低。

一旦女人们摆好了屈从的姿态，男人们就自动被拱上了统治
的位子，买房、买车、赚钱养家，这些事儿全归男人管，这才导
致男人的自杀率高过女人的。

我不能理解，为什么一定要要求男人买房子，好像一个男人
没钱买房，就丧失了部分社交魅力一样。

不管男人女人，前提是大家都是人。

因此我希望的关系是，大家一起在作为人的前提下，公平地
要求彼此，每个人都应拿出在性别价值之外的价值——比如情绪

价值就是一个很好的东西。

　　这就是为什么我一直说，好的情侣首先应该是去性别化的、好的朋友。

　　好了，我现在要去喝杯咖啡。

租房一百年

我喜欢写写画画，对着电脑有说不完的废话。工作台特别重要。在北京，我住过的最后一处房子里有一张很舒适的书桌，宽敞、平整，台灯发出暗黄色的光。在那张书桌上，我写过一些卖得出去的东西，比如有首歌的歌词就是在那儿写的，属于灵光一现的那种。后来，这成为我简历上的一个值得吹嘘的亮点。比较尴尬。

现在的房子过于小了，很局促，总共只有四十平方米，装修得花里胡哨，但比较温馨。我把餐桌变成了工作台，上面放了两台电脑，因此我用来打字的电脑几乎是半悬空的。旁边是灶台，前方是猫砂盆和卫生间。废墟中搞创作，次次都让我心生悲愤。

看过一个房子，位置在新天地附近，一百平方米左右，卧室和客厅都有落地窗，卫生间也十分宽敞，有面大大的镜子。装修整体是灰调的，光看图就觉得那房子里会有鼠尾草的暗香。

我做梦都想住在那样的房子里，更准确地说，是住在图片上的那间屋子里。冬天被正午的太阳晒醒，坐在书架旁烛台下写文章，光脚踩在似乎是有油脂包裹的地板上，安逸妥帖。

遇见了理想之屋，一秒都不能耽搁，我去问了那房子的租金——两万八每月，押二付三，合同签一年。马上退缩，心灰意冷地挂断手机。我想我可能一辈子都不会住进那间屋子了。

不知是谁说的，一个人的房租应该是收入的三分之一才比较合理。

胡说，收入一万的人用三千块来租房子的时候，就会知道去餐厅参加一次价值四百块的聚餐是多么奢侈。要我说，一个人的房租得是收入的五分之一，才能保证生活中最起码的快乐。

照这么说，如果有一天我能够住进那间两万八的房子，我得月入十四万。

我想了几天做什么行当才能月入十四万，想到的全被刑法禁止了。

我还是没有发财。

事实上，我仔细研究过我周围年轻且发财的人，试图琢磨一些方法论出来。结果我发现，他们的发财全是机缘巧合、恰逢其时，命运安排他们在这个年纪有钱，就连他们自己也是懵的。怎么赚到钱的呢？也说不明白，就是一棒子砸头上，干着干着，发现自己误打误撞走了一条金光闪闪的路。

我跟之前的同事聊过，都是一些有钱人。我跟他们说，我很焦虑啊，主要是没钱。他们全告诉我，别急啊，他们在我这么大的时候还没我有钱呢，但活到三四十岁就有了钱，一直干就行了，钱是慢慢有的。

那有什么意思呢？在没有心思嘚瑟的年纪里有钱，钱就用来经营生活了，这不是钱的主要用途。

　　钱是用来挥霍的。我需要享受，才不辜负来投奔我的这些钱啊！

　　有一天晚上睡太早，凌晨醒来想喝杯热牛奶。想起之前跟同学聚会路过的一家家居店，里面有个牛奶杯，我喜欢。肚子圆圆大大的，玻璃很薄，杯口一圈金箔，清丽可爱。考虑了一会儿还是放下了，因为现在的房子实在容不下这个杯子。我想不到放它的合适位置。四十平方米的房子里容不下任何冲动型消费。

　　那天晚上，想起那个杯子来，我就像想起一段擦肩而过的感情一样难过自责。随即又想起新天地那间灰色调两万八的房子，如果我住在那里，此刻那个杯子一定正握在我手里。

　　同事说我目前这种暴富的心态不对，年轻人做事，应该完全不考虑金钱。

后来我们辩论。最终谁也没说服谁。同事最后和我说："好啦，以后你就懂啦，我不多说了。天助自助者，渡人先渡己。"

　　我不是很喜欢这样的大人，因为他们坚信条条大路通罗马，而自己走的那条是最笔直的。

　　有的人出生在罗马，有的人不想去罗马。这点他们不能理解。因此，我觉得他们比较傲慢。

　　其实并不是爱讲道理的大人让人讨厌，而是大部分爱讲道理的大人讲道理是为了加固自己的信仰。

　　据我观察，住大房子的人家里养的猫也比我养的猫看起来更养尊处优一些，毛发顺滑、泰然自若。

　　于是想起小时候，我家一直住的城市贫民窟，一片待拆迁的平房区。六年级的时候，家里有了相机，我妈和邻居在院子里给我照相，我穿了姐姐传下来的红马甲，扭扭捏捏。照片冲好，邻居叹口气说："哎，我们这里养出来的孩子就是不如有钱人的孩子条儿顺。"

我看看照片，深以为然，永远记住了这句话。

如今没钱住进两万八的房子，看着我那两只挤在小窗口揣着手晒太阳的猫，我竟也产生了与家长当年相同的心情。

又联系了一次中介，两万八那间房子租出去了。

很想去敲敲门，取取经。

Hello，加油鸭！

谢谢说："我一辈子都是漂亮的人，怎么能和那么丑的男人谈恋爱？"

谢谢常说她男朋友太丑了，具体哪里丑也说不好，但就是丑，头颅丑，颅顶弧线不优美，像个南瓜。还是分手吧。

谢谢十四岁走在街上被星探发现，十六岁出唱片，十八岁演当年最火的电视剧，年纪轻轻就把别人向往一辈子的东西全玩儿腻了，如今四十岁了，还总被媒体盯着不放。现在媒体盯她，是因为她不会老——她从人群中走来，永远二十。

谢谢像个奇迹，年轮在她身上不起作用，毕竟她连自然衰老都不会。她尖叫，忽冷忽热，蹦蹦跳跳，目中无人——谢谢从来不说"谢谢"，她只说"辛苦了""拜托了"。我总觉得她的言外之意是：谁让你要来帮我呢，那我只好辛苦你了。至于"谢谢"这种斩钉截铁的肯定的词汇，谢谢是绝对不说的。可她又叫谢谢，所以每次跟她说话，开口叫她就相当于提前支付了一次感谢——谢谢你跟我说话。

　　谢谢叫我去她家吃饭，同时还叫了一个二十来岁的男孩子去，男孩是学运动营养的，谢谢叫他的目的是指导我们吃饭。席间谢谢痛斥那个男孩，照我看全是无中生有。饭局末尾，谢谢才对那个男孩说了句"sorry"，然后我们不欢而散。

　　路上，我愤愤不平，对男孩说："她不应该那样说你。"

　　男孩说："不怪她，怪我太笨了。"

　　后来谢谢发微信跟我说，因为那个男孩之前对她表过白，所以她看他不爽，希望我不要被吓到。

　　我和谢谢唯一一次合影，我打开了美颜和瘦脸，谢谢叫我关掉。她说："真的不好意思哦，一点点瘦脸也会很奇怪。"

　　我想，真是叫人忌妒啊，生来不偏不倚地长出一副标致的样子，真是太让人生气了。

　　我总是想象自己也能拥有一张短短的巴掌小脸，高高的眉骨，又直又尖的鼻子，克制的人中和陡然翘起的唇峰，无限接近90度的肩膀，以及长长的小腿和跟腱。要是我天生是一个数一数二、不可多得的美人，我肯定特别善良、特别天真，人畜无害，坦然接受所有的馈赠，并且不与任何人争抢，因为更好的和最好的终归都是我的，而我也会真心祝福所有人，真心祝福所有一般人都过得幸福一点儿。

　　大概十三四岁的时候，我特别注意形象，渴望成为全校最美的女孩，如果不行，就努力去做全校最能捯饬的女孩——穿小脚裤，留厚刘海，大领口的衣服里特意搭配宽肩带的内衣再把它露出来，甚至贴假睫毛，涂透明的指甲油。但是你要知道，青春期的环境里，长得不漂亮不是罪过，长得不漂亮还爱捯饬就是有罪。

我胖，青春期的时候不怎么长个儿，一米五出头，一百多斤，不穿校服，穿白色牛仔裤。体育课的时候，男生们排成一排跟在我身后，嘻嘻地笑着，把大腿夹紧撅起屁股学我走路。几个女孩子也站在一边围成一个圈，捂嘴偷笑。

那个时候，如果我回到教室趴在桌上哭一鼻子，也就算是把事儿摆平了——人们总是不愿意变本加厉地欺负主动认怂的人。

可我不，我回到教室就把他们的笔袋砸在地上。于是直到初中毕业，化学老师都不停地因为我不交作业而叫我家长，因为被我砸过笔袋的男孩里有一个是化学课代表。他每天把我的卷子揉碎扔到男厕所的垃圾桶里，坚持不懈，直到毕业。

初中毕业的时候，我暗恋的男生找我约会，把我约在肯德基。约会前，我用所有的零花钱买了一件蓝白条纹的T恤，很长很长，为了遮大腿。那天，我坐在肯德基的空调底下等了一下午人都没来，到了晚上，有人告诉我，那个男孩组织了几个同学在肯德基门口围观了我一个下午。

我像个百嚼不烂的笑话似的，结束了一个难堪的青春期。

后来我就瘦了，长高了，临上大学前去切了前眼角和双眼皮。

双眼皮手术是局部麻醉，我闭着眼，医生用小剪刀剪开我的眼角，我能听见皮肉之间纹理断裂的声音。之后，我的生活焕然一新。

长得漂亮一点儿，得到的优待也就多一点儿。可即便我获得了一双线条流畅的眼睛，我也还不是一个足够好看的人。于是我又去垫了鼻子，特别疼。

反反复复折腾了几次，我像一个加了精美包装的烂柿子，好看了很多，但还是脱不开那个不怎么好看的肌底。于是我想彻底改头换面，便研究起切骨头、扯皮肤。把能想到的项目全都研究了一遍之后，我发现，这些大动干戈的手术项目不过是给丑小鸭吹出来的一个个梦幻泡泡，终归是会破的。丑小鸭们非要在千刀万剐鲜血淋漓了之后才会知道：啊，这辈子都当不了白天鹅啊。

不要做妖艳贱货，不要做艳俗脂粉，这些不过是普通女孩当自强的一针强心剂，说多了也就当真了，因为人活一世别无他法，大门关上了就得走窗户。但是谁的十四五岁没有过跟在校花背后学走路的心酸往事呢？冷静下来想想，要是给我个机会叫我去做最浪的艳俗脂粉，我马上冲在前面。我简直做梦都想当个花瓶。

我常想，我晦暗不堪，用力过猛，心眼特小，敏感多疑，全都是小时候留下的毛病，如果我生来就是个漂亮女孩，一切都会变得不一样。

但实际上，这些年来，我站在一个个漂亮的比较级上，我的生活并没有因此而顺遂半分。

也许无关样貌，无关家庭，无关抽烟喝酒又烫头，也无关那么多本该是我但最终不是我的错失良机，所有的晦暗只是因为我，我本身，因为我就是我。

就像丑小鸭生来就是丑小鸭。如果还有什么能够力挽狂澜的话，那就只有努力争取在变成丑老鸭之前，成为一只加油鸭。

我 们 终 将
孤独地长大

第三辑

远在远方的风
比远方更远 ◀

在这个世界，我们每走一步都要被控制和记录。
　　　　　　　　　　　　——米兰·昆德拉

不如烤红薯

我已经轻断食一周时间了，每天五百卡，全是素的、凉的，没意思。

轻断食的周期是，一次最多只能持续十四天，多了损伤身体，并且会到达平台期，干饿着，不瘦。于是我决定晚上吃顿火锅——我料定现在的胃是装不下多少东西了，所以中午不吃，全留着给晚上。

挨饿是有效果的，裤子立马肥了，原先裤腰死死地卡在腰上，现在松松地挂在胯上。侧躺时的身体也有了变化。大概是一年前，有一回我光着膀子侧躺在床上，低头看了眼肚子，吓得差点儿昏过去，就是猪肚子，母猪，躺在地上肚子摊在一边，流到地上去。而最近两天，我发现侧躺时流淌开来的肚子不见了，只有一层皮垂下来。

不过腿还是一样的肥，左腿压在右腿上，右腿就负担很重。

明天开始，我打算搞一搞 4 / 20 间歇性断食，就是一天中只有四小时进食，热量控制在一千卡左右，其余时间都在断，丝毫不摄入。人们都说这是最不痛苦的一种减肥方法。

不过，我还是觉得减肥就是得痛苦，痛苦与成果并行的感觉挺让人激动的——我可能是个抖 M。

坐在我对面的女同事又开始爆笑了。

我们这家公司主要是写影评，所以员工们可以在上班时间大大方方地看电影，但我做不到旁若无人，戴着耳机也还是知道自己在哪儿，也能感知到周遭环境有多安静，于是我按行自抑，表情冷漠，一声不响。

而对面的女同事就很厉害，她戴上耳机就不在场了，忽而狂笑忽而落泪，狂笑时拍腿鼓掌，落泪时大声擤鼻涕，偶尔还伴随声声惊叹："Fuck！""哇……""O…M…G…""鹅鹅鹅鹅鹅鹅鹅。"

无论她何种情绪，我这张桌子都被她搞得起起伏伏。

感觉有人在办公室里放鞭炮。

我挺羡慕这样的人，不紧绷，不要面子，不在乎别人，自己就是自己，路人就是路人，分得特别开。

这样的人过的日子应该会比我这种紧绷绷的人轻松愉悦不少。

女同事"鹅鹅鹅"地笑着，我受不了了，仿佛来到一片池塘，全是凶猛大鹅，抻着脖子追着我跑。

我去做了指甲。

上回跟男同事吵完架之后我做的那个靛蓝色指甲最近越看越丑，今天去换了个夏天点儿的颜色，橙黄色，亮亮的，仿佛一碗工业橙汁原液涂在手上。

毫不意外，挺丑。

在我斜对面的女同事是一个非常胆怯的人，一眼便知。

她连喷嚏都不敢打。

喷嚏分很多种，有的"阿嚏"，有的"哈切"，有的"啊啾"，但这个女同事的喷嚏很罕见，她是"呵嗯"。

难以自制的"呵"出一声，她马上受了惊一样按住自己，要求自己闭嘴，于是所有的喷嚏打出来都是"嗯"，特别憋得慌。

她的咳嗽与她的喷嚏也在同一系统。

别人都是咳咳咔咔地咳嗽，咳到舒坦了为止，连贯的，大方的。但这个同事就做不到，千斤顶压在头上似的，咳嗽起来鬼鬼祟祟的，东瞅瞅西瞟瞟，找准时机悄悄地，用力"嗯"一声。这当然不行，不管事儿的。于是就听着她那边儿一会儿一个"嗯嗯"，都是趁乱发出的声音，瞅准了周围人恰巧全在快速密集地打字，她赶紧悄咪咪压低了头"嗯"！

我很好奇这个同事是不是童年挨了太多打，或者有一个喜欢家暴的老公。

　　一个正常人，怎么会小心翼翼到这种程度呢？

　　自打发现靠写点儿东西就可以混口饭吃以后，我就总以为自己能成个作家，开专栏、出书、写小说、改电影，无数场签售会、读者见面会什么的，满满一池子的人，全是我的拥趸。

　　还是想多了。

　　我没脑子、没文化、没逻辑，"三无"的一个人，要哪样没哪样，写写东西混口饭吃已是天赐的运气。

　　我只能写公众号，而且还不是给自己写，是给别人写，连署名都不是我的东西，胡咧咧的，观点也不必真诚，每次我都会在一个选题中被要求使用最安全的观点去论述。常常写我不认同、不相信的东西，感觉日子就这样吧。

　　后来我发现，我的同事中渐渐冒出来一些名校生，有的是什么复旦中文系的，甚至还有在国外念了新闻回来的，他们特别虔诚、炽热、目光闪烁地说："因为我是这个公众号的粉丝。"

简直疯了，我这辈子都没有跟这帮好学生混到过一起，想不到起起伏伏、上下求索这么些年，殊途同归了。

真是不理解他们，从小坐在教室前排，考个重点高中，然后上个百年名校，光宗耀祖，之后的事儿不应该是拯救世界吗？反正要是我，我一路走来的人生如果都跟他们似的这么拿得出手，我肯定不在公众号里胡咧咧，我要做不挣钱的调查记者，匡扶正义、追求真相、惩恶扬善，或者冲在战场或灾区的第一线，总得做点儿有意思的事儿吧，反正不能跟我这种混吃等死的人混为一谈。

真不知道他们怎么想的，或许他们真的认为如今的自媒体就是媒体。

不过说起来，媒体存在吗？可能根本就没存在过。

出版社、杂志社那群人，特别看不起做新媒体的，觉得那都是下九流，大学生拿身份证就能注册一个公众号，然后胡咧咧走了狗屎运，开始赚钱胡咧咧，毫无门槛。

但实际上，我觉得纸媒也不怎么地。

被小时候的我视为灯塔的两本时尚杂志，后来我在其中的一家工作过一段时间，惊了。

多位模特产品试用感受竟然全靠一个没见过产品的编辑瞎编，力求用词具有"煽动性"，然后再把日本原版的文字翻译过来，照片搬过来，除此之外没有别的事儿了。

不知道日落西山之前的纸媒到底是怎么回事儿，但我接触过的纸媒工作真的都是扯淡，浪费生命，还不如写公众号或者卖烤红薯。

七〇后看不上八〇后，八〇后看不上九〇后，九〇后看不上〇〇后，反正每一代都是"垮掉的一代"。可见，人一旦长大，就会无一幸免地变成讨厌鬼，因为不愿意承认自己已是死在沙滩上的前浪，就拼了老命指着后面的年轻人骂傻×。

可他们终究会被取代。

而取代他们的也不是什么好东西。

中午看了柴静当年采访杨永信的视频。视频里，杨永信避重就轻，把自己说得跟圣母似的，而被电击的孩子家长也振振有词，宁愿相信自己的孩子有病有瘾，也不愿意承认孩子长大了，不能事事服从了。

"网瘾"这个词儿这两年因为杨永信炒得比较火，但事实上我小时候就听过这个词。

大概初中吧，同学们家家有电脑，能上网，就我家没有，老师留了需要上网查资料的作业，我妈就带着纸和笔陪我去网吧查。

为了让我理解他们不给我买电脑这件事儿，每天中午吃饭的时候，我爸都带我锁定法制频道，看看因为没钱上网而杀人的青少年是如何一步步走入深渊的。

反正我爸不给我买电脑，就是因为怕我"染上网瘾"。

结果谁能想到，现在天天抱着手机转发谣言的是他，得了心脏病不听医嘱早睡而为了上网坚持不睡的也是他，不知道他有没有怀疑过自己染上了"网瘾"。

而我现在做的工作也是样样离不开上网，写公众号得上网，更新自己的微博也得上网。一起做微博的小年轻做得好的都已经月入百万了，不知道他们当年有没有被怀疑过染上了"网瘾"。

我家确实是一个非常保守和传统的家庭，虽然为了脱离这个底色，我上蹿下跳做了不少冒头的事儿，但我有时候觉得，我这个人骨子里还是老旧的。

就拿游戏来说，我到现在都还坚持绝不在游戏里花一分钱。尽管《王者荣耀》我打了五百多把甄姬，甄姬的皮肤我仍是坚持不买，内在有个声音常常响起：充钱打游戏是犯罪的第一步。

有一回，我男朋友花钱买了一堆皮肤。我大吃一惊，问他："你怎么在游戏里花钱？"

问完，我就后悔了。

他就是给游戏画画的，《王者荣耀》里那些英雄人物、皮肤，以及海报，最开始都要经过他这个岗位设计出来，而腾讯也会因为一款皮肤上线日赚一亿五千万，并不是每个掏钱的人都是傻 ×。这我都懂，但我就是不想给游戏掏钱，总觉得那得是给我白玩儿的。

因为身边有游戏行业从业者渗透进来，导致我接触了不少游戏，甚至还花两千块钱买了个 ps4，纯玩游戏的东西。

主机游戏，我第一个接触的是《荒野大镖客2》，我扮演西部牛仔亚瑟，生活在 1889 年的美国，正值牛仔时代末期，日子很不好过，东躲西藏，每天都有兄弟被敌对帮派打死，或者是被警察打死，而我跟剩下的一队人马一路逃窜，逃到了最后，死在面对朝阳的山岗上。

游戏玩儿到最后，亚瑟死的时候，我哭得特别特别惨，因为游戏太真实了。我骑马走在路上的时候，会触发游戏中隐藏着的偶然事件，比如找不到朋友的英国人，断了只胳膊的老兵，被家暴的女人，等等，这就像真实的生活一样，随处都有随机事件，甚至比真实的生活更有意思。玩儿了半个月，我死了，剧情杀，简直崩溃，两年来唯一一次那么难过的哭泣就献给了《荒野大镖客2》。

　　《荒野大镖客》是美国做的，公司叫 R 星，单是打造这款游戏就花了八年，十五亿，而上线三天就卖了五十亿。

　　好游戏诚不欺我。

　　人生中总有那么几次惊奇体验——看到一样东西，你仿佛看到未来，隐约感觉自己身上的某条经络被打通。这种感受一生也就只有那么几次而已。

　　我第一次有这样的感觉，是在看《恋爱的犀牛》的时候，像是被摁了个开关，猝不及防地获得了一些至关重要的东西。

　　第二次是潜水的时候。因为是平生第一次潜水，离海面比较远，离太阳更远，我走在海底的沙滩上，阳光照过来完全与以往不同，根本就是换了个世界，而且水压使我把注意力全都放在了自己身上，是一种类似太空漫步的奇妙感受。一上岸我就哭了一场，感动的。

　　第三次就是在玩《荒野大镖客 2》的时候。完全搞不懂是怎么回事儿，我在不知不觉间就穿越了时空，成了另一个人，为他和他身边的人动了真感情。

人们都说，游戏是第九艺术，会成为未来世界的重要权力。

这句话我现在相信了，也许就会像《头号玩家》里那样。

　　而杨永信，以及相信杨永信的家长们，以及至今都认为游戏

会毁掉孩子的大人们，他们一定会被历史铭记，而有的或许会成

为被人类历史认证的傻×。

我是法国人

我穿了崭新干净的黑色卫衣，从房间一头径直走到另一头，矜持、克制，动作幅度极小，与一切毫无接触。就这样，出门的时候，我还是在身上发现了不少猫毛，平均分布——它们飘浮在空气里。

真是受够了。

我的化妆台放在窗边，"哥哥""妹妹"最喜欢的就是通过化妆台跳到窗台上去，或蹲或躺，总之最后它们会找到舒服的姿势。而无论哪种，它们都会把屁股和尾巴放到我的护肤品上。

因此，我的化妆台看起来特别惨，一切水乳、精华液等的盖子边缘都粘着猫毛。赶上它们心情好的时候，还会在化妆台上找软包装的东西咬一咬，尺度把握得刚好——既不会让自己吃到，又能恰好毁了那件东西。

我常在微博、朋友圈看到别人的梳妆台，亮晶晶的、发着光，东西整齐、干净地摆在一起，看图都能闻见女孩子身上的香气。我的就不一样了，猫毛粘在各处，破裂的化妆品内容物顺着包装汩汩流出，再跟猫毛搅和在一起，别说闻到女孩子身上的香味，看着就觉得下不去手。

我的梦都发生在固定的几个地点。

一栋老楼，像我很小的时候姨姥姥家住的那栋；一片海滩，感觉是国外的某处，海水颜色很深；某个小区附近的街道，空旷、平坦，高楼看上去很远，像是我妈之前上班的幼儿园附近；以及《千与千寻》里无脸男吃了青蛙之后追着千寻狂跑时的那段楼梯。

每次都是很恐怖的梦。

关于老楼，我梦见过在我上楼的时候，有一个人藏在我必经的位置，我刚一走过，他就闪身出来掐住我的脖子。我吓醒了，感觉脖子上还残留着被抓握过的感觉。

总之，这些梦不是非常吓人的，就是阴森森的，让人感觉毛毛的——我好像没有做过什么好梦——即使是梦到某男星爱上我，梦的最终也是他又毫无征兆地突然抛弃我。

昨晚梦见我男朋友，他觉得自己皮肤太白了，就买了一瓶黑色粉底叫我帮他上妆，化好了他，我又涂了自己的脸。即使是黑黢黢的，我也是个好看的人。

梦里看着镜子，心里想着不然以后就走这样的风格吧，把脸涂黑，化蓝紫色眼影，用玻尿酸把嘴唇打厚，然后烫个头，满头小卷，逢人便说我是法国人。

然后梦到了教室，梦到了水房、卫生间。

我跑去卫生间洗脸，清楚记得梦里用的是凉水。水池上方有一个十分诡异的小镜子，脏脏的。洗掉了黑色粉底之后，我自己的皮肤露出来了，挑起眉，闭上眼，我看到眼窝的地方长出无数大小颗粒，非常密集地挤在一起，它们不断变换着排列方式，最终突起不见了，它们变得平滑，只是排列过的痕迹留在了我脸上。

我看见我的皮肤上长出了类似 Chanel 2.55 复古牛皮包的纹路，那种感觉就像身后突然响起交响乐。

我被交响乐吓醒。

太焦虑了。确实在我眼窝深处鼻梁两侧有一些小小的颗粒，毛周角化，睡前我刚涂过水杨酸，想着有作用就好了。结果闭上眼睛就做了这么恐怖的梦。

我这个人真的太无聊了，居然在写做梦的事儿。

突然觉得弗洛伊德的"如果一个人做了梦还把梦往书里写，凑字数无疑，太无聊了"这句话，就是在说我。

喝柠檬水。两片干柠檬泡了一整天，一小时一杯水，一天喝十多杯，不断去厕所。

虽说我知道防晒这件事儿无论春秋冬夏，一定要每天做，但就是犯懒。这段时间懒得搞，洗了脸就出门，头都不梳。

维生素 C 会导致黑色素加快沉淀——每天狂喝柠檬水，同时还不搞好防晒，这几天我像块儿炭一样黑——真不如涂紫色眼影烫一头小卷儿，然后自称法国人。

跟网上学了一个"轻断食"方法，跟着实践过的人进了一个减肥群，大家一起，都从今天开始轻断食，每天只摄入五百卡左右的热量，坚持七天，一个疗程。

轻断食坚持了四小时，我在面对减肥期间的第一顿午饭的诱惑时就有点儿受不住。

好想吃个肥肠粉，小杨生煎搭配肥肠粉，再来瓶王老吉或雪碧，人间一绝。

不过就是会弄得浑身是味儿。

感觉自己好没出息，为什么别人都能那么坚定而我不能？

我骨子里一定有饥饿基因，贪吃怕饿没见过饭，我觉得这一定是基因问题。

不过最后，我还是忍下去了，吃了一点点西蓝花、一点点生菜、一点点藜麦饭，全是些冰冰凉的东西，还吃了一点点热的鸡胸肉。

如果我是一只鸡，我真的好怕减肥健身的人。

下了小毛毛雨，地面上看起来不太好。

干湿较劲的那种不干不湿。

地面跟雨说："你再不多下点儿我可要干了。"

雨跟地面说："你再不湿我可就不下了。"

像两个暧昧的人，谁都不愿意往前一步，到最后谁都记不住谁。

在路上骑车，有人跟在我身后骑，轻轻地哼着歌。停下来等红灯的时候，我回头看，是一个满脸通红的环卫工，蓝色工装，车斗里放的都是长长的大扫帚。

来到写字楼，遇见了一个保洁员，大叔，背驼到不行，整个肩膀脖子都探出去的那种，怯怯的，看见我上楼就停下动作等我过去。

扫地的保洁员、扫街的环卫工、身上沾着雨水的高龄外卖员，看见这样的人，我总是觉得非常难过，他们跟门卫不同，眼睛里一点点自以为是都没有，总是垂着眼皮。

不知道我这种油然而生的难过会不会也算是傲慢的一种。

最近都不化妆，不摆弄刘海，皮筋只扎两圈，松松散散的，戴着眼镜就出门了。等电梯的时候，我觉得我是《恋爱通告》里那个女主角的形象——每隔一段时间我就会觉得自己好像主角，直到照了镜子才能清醒过来。

太累了，我不穿内衣和高跟鞋。

最近买了很多男装，巨大的卫衣和巨肥的裤子，要不是我有一张明星的脸，别人都要以为我是 rapper（说唱艺人）。

很久没照镜子了。

过马路是非常非常令人紧张的一件事儿。

不仅紧张我自己，有时候想到我的父母、我的朋友、我的男朋友，甚至我未来的孩子，在他们的人生里也会过无数次马路，我就会担心得要死，陷入危险的幻觉，然后不断地给他们打电话，确认他们安全。

合理怀疑我上辈子是遭遇车祸而死的。

不过，不论上海还是北京，窄道上的司机都是很好的，我站在马路边战战兢兢进退两难，他们一般都会停下来等我过去。我把这个理解为他们想多看我一会儿。

心情挺好的。

今天看到从不换衣服的男同事换了一件颜色鲜亮的衬衣，女同事们无一例外地涂了口红，整个办公室都变得漂亮了一点儿，我拖了后腿。

很多女孩，看她一眼，你就知道十年后她会拥有什么样的人生。平和，小心，穿紧身的高领毛衫，黑色中分，轻声细语，粗茶淡饭吃得简单，说话的时候轻微低着头，这类人毕业三年和毕业十三年，看起来是一模一样的，她们尤其不容易衰老。

昨晚睡前看了李海鹏写的一篇文章，是他看纪录片《寻找薇薇安·迈尔》的观后感。

他说，薇薇安是一个孤独的女人，生于纽约，死于纽约，却坚称自己是法国人。她是个保姆，带大过不少孩子，喜欢看犯罪新闻，讨厌男人，"并且她年纪越大越古怪，戴着过大的帽子，坐在长椅上，有时对人无礼地呼喊——孤独终老"。

坚称自己是法国人这一点对我有所启发。

我不打算再交什么朋友了，所以日后如果有谁向我靠近，我就说我是法国人。

　　如果实在让人难以信服，我就去烫一头小卷儿。

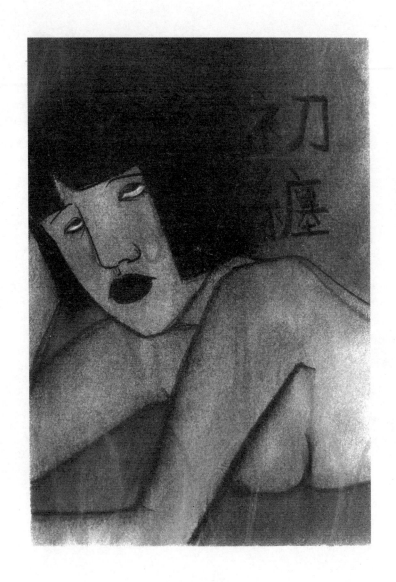

玉兰花开了

一

玉兰花开了，白的、粉的，每次走过都能闻到幽微的香气。

办公楼附近的花坛里有一种不知道名字的花也开了，紫色小花。不过它们的味道不一样，玉兰的香是淡淡的、遥远的，但紫色小花的香是非常明确的、不容置疑的，扑鼻而来，就像一桶用来做香水的植物萃取物放在我身边了一样，是既自然又不自然的味道。

我发现不管是植物还是动物，规律都是一样的。

长得高的、形态舒展的，往往就很克制、内敛、少言寡语，也不张扬；越是长得个头小的、细碎的，反而越容易叽叽喳喳往你眼里闯。

狗就是这个规律。

金毛、德国牧羊犬、阿拉斯加等等，这类大型犬一般都能安安静静地、端庄克制地走在街上，不吵不闹，不跟邻里扎堆儿，不叽叽歪歪地家长里短，稳重、踏实，有生活目标。但是泰迪这种小小的狗就不行，摇头晃脑走小碎步，一有风吹草动，它们就满脸找碴儿地看过去，真有什么事儿它们也做不了什么，只能嗷嗷骂脏话，边骂还得边往后退，没事儿爱扎堆儿，明显是在聊八卦，抽烟、喝酒、烫着头，甚至跟姐妹们约做指甲，就是市井小民的样子，一惊一乍，对生活特别满意，最大乐趣就是嚼舌根。

但实际上不论大狗小狗，我都不喜欢。

每一次我出门离开，它就魂不守舍，直到我回来才会安心，如果我家里有这么一位，我会疯。这哪儿是狗链子拴它脖子上，这简直是直接把我铐起来挂门把手上了，太可怕了。

　　我还是喜欢猫，谁也别搭理谁。有时候我回了家都不搭理"哥哥""妹妹"，不看它们一眼，它们也懒得搭理我，睡自己的觉，晒自己的太阳，在我经过的时候瞥我一眼，打个哈欠，心说："这个傻×"。

二

　　玉兰花和紫色小花都是一夜之间开起来的。

　　这一天气温 26 摄氏度，大风，我不懂那些原理，但我猜高温加上强风会让生命长得更快。于是就想，吹风机会不会也有一样的效果。

这种天气很适合游泳，我非常喜欢游泳。

实际上，在所有的运动里，我唯一能接受的就是游泳。

为了减肥，我最近每天七点钟起床去做有氧运动，开始是跑步，结果坚持了十分钟心脏就要爆炸了，咚咚跳得我感觉它要把我的胸腔都冲破。伴随着耳鸣、眼花，以及头晕，我总共坚持了不到二十分钟就从跑步机上摔下去了。然后赶紧跑到更衣室，在长凳上躺了半小时，天旋地转，浑身发热，而且越来越热，哗哗流汗，我觉得我要死了。

从健身房走出来的时候，我觉得我这个人好差劲，运动了一天就要放弃，想到在我旁边跑步机上匀速跑了一小时的那个女生，真优秀，像满格电的机器人一样。

第二天起来，我直奔游泳池，一个猛子扎进去，神清气爽。

浮在水面上做了会儿热身，又沉到水底去摸了摸泳池底下的瓷砖，心情非常轻松、愉悦。那天，我面不改色心不跳地游了四十分钟，边游边看我手上的靛蓝色指甲，跟泳池色调非常配套，显得我整个人也波光粼粼的。

　　我终于找到了一项能够坚持下去的运动。

　　运动这事儿很神奇，据我观察，我身边的冻龄男女，就是那些比我大一轮但看起来跟我差不多大的大人们，他们都是年轻时就有运动习惯，所以直到现在，无论是脸，还是身体的线条，都十分争气，紧绷绷的。

　　从不运动的人也是一眼就能看得出，松垮无力，精气神儿下沉，任由吸引力摆布。有一回，跟一个姐姐进了试衣间，她脱掉上衣的时候，我被她肚子上的肉惊呆了，非常松，看起来是皮肉不贴合的感觉。我想得到她倒在沙发上看电影、吃薯片的画面，吓死我了。可是没想到，没过多久，我的肚子也变得和她一样了。

　　这几年我飞快发胖。主要原因一是贪吃好色，二是基因问题。

　　我妈就是很容易胖的那种人，在我的记忆里，她永远在减肥，竞走、跳舞、不吃晚饭，每天为了身材忙忙叨叨的。可还是一不小心就垮下来，像吹了气一样一夜之间变得圆圆滚滚。

现在，我基本上走了她的老路，半年不见的朋友见到我说的话都是："天啊！你现在好老。"

三

最近在搞一个"轻断食减肥法"，就是每天只吃五百卡，然后走路一万步，为期一周。

我已经吃四天草了，菜叶子里加两片鸡胸肉，两条蟹棒，就觉得非常香。晚上饿得睡不着，肚子咕噜噜乱叫。我发现，如果前一天晚上在饥饿状态下睡着，第二天上秤就能变轻一斤。

这几天，我的肚子以肉眼可见的速度恢复了平坦，腰线也回来了——浑身上下，我最满意的部位有两个，一是锁骨，二是腰。这两个部位非常争气，一直尽了全力帮我撑着场面，无论我多胖，锁骨都十分坚定地保持着清丽平直，从不懈怠；腰也是一样，就算我胖到走路的时候大腿内侧的肥肉不停打架，腰围也就六十多。感谢这两个部位。

但是前段时间我发现，我的腰要挺不住了。

我有一个警惕自己的办法，走路的时候双臂自然摆动，如果胳膊肘碰不到腰，那是好的；如果总能蹭到，完蛋。

睡觉的时候也要警醒，就是平躺，手臂放在身体两侧，如果腰和胳膊肘离得很远，那没问题；如果马上就要碰上了，那就说明优秀的腰围准备离我而去了。

上周有一天中午，我走路的时候，胳膊肘一直在蹭腰，我就知道，我完蛋了。

四

我真的不争气。

这几天每天一个新花样，前几天脑子里有一碗肥肠粉，以及一份四个小杨生煎，这两天脑子里一直是火锅毛肚配蒜泥蚝油碟，以及火锅面捞出来已经被牛油浸透、吃起来还隐约有股子药味儿，蘸着麻酱、豆腐乳，以及韭菜花调和的小料，口感腻腻的，但如果在小料里撒一把香菜末，没话说了。

我魂不守舍，真想大吃一顿。

其实坚持到今天，四天，已经是我努力减肥以来的一个纪录了。我的嘴根本停不下来，食道不跟肠胃连接，我的食道连接情感、情绪，绝对是往上走的。吃东西使我快乐到无与伦比，而且一定要全面，就比如吃火锅这种巨辣无比的东西的时候，一定要有火锅面和蛋炒饭这两种主食，否则我觉得火锅白吃。火锅面是刺激，蛋炒饭是温和，都是主食，但二者缺一不可，我需要它们一左一右托住我，这样才觉得人生真美好，一顿火锅就值得我付出所有的努力和辛苦。

而眼下我吃着清汤寡水写着这些东西，眼泪、口水流了一桌子，心里很难过。

人间规律就是这样，短暂的快乐与长久的体面彻底互斥，你只能选一样儿，而且这个选择你还得做得坚决，义无反顾，否则你就是最惨的那一拨人，两边占不着。

这几天我工作实在太忙了，七点起床去游泳，然后看电影、写影评，这就要耗费我五到七个小时，到了晚上我又要写书，忙忙叨叨，肚子空空，吃的是草，挤的是奶。

减肥群里的姐妹们说，工作特别忙的时候就没有时间想肚子饿的事儿了。

错，我不行，我现在想的就是火锅里涮无骨凤爪。这个你们知道吗？

在一场火锅开始之前，先把无骨凤爪扔进去，谁也不要管它。

在正常火锅临近结束的时候，把沉底的凤爪捞出来，早变色了，红油给它泡透了，咬一口弹牙，咽下去暖胃，人间至美。

好想吃火锅凤爪哦！我真不争气！

五

人是很厉害的，每次在被逼到夹缝中的时候就会变得很厉害，潜力无限。

我一直觉得人类的伟大发明全是被懒惰给逼出来的。

就比如我饿得不行，很馋，不能吃，发现了很多种美食的低卡替代品，比如低脂火腿、脱脂酸奶什么的，味道跟普通的差不多。

比如我实在起不来床，但又不能接受自己每天素颜，于是就发现了新的化妆方法：不用粉底，只化眉毛和口红，口红一定得是亚光的、非常浓郁的红色，这样即使带着黑眼圈和满脸瑕疵以及一双完全没修饰的眼睛，也会突然出现一种非常野性的、冷漠但又扑面而来的美感。

还比如我写书，我写了快半年，写的都是一些乱七八糟不忍直视的、非常矫情的文章，临到交稿前一周翻出来一看，呕吐了。于是我就发明了新的写法，就是乱写、胡写、瞎写一气，于是就有了你们现在看到的这些鸡零狗碎。

可我这也不算什么伟大的发明，就只是一个习惯偷懒的 loser 惯用的小伎俩吧。

跟我走，大家一起变 loser。

工位对面的女孩买了一份牛腩粉，掀开盖子的一刻，扑面而来一股麻辣香锅味儿的乐事薯片的味道。我心驰神往，好想跟她交朋友，然后吃一口她的粉。

六

刚才说到这本书。

这本书的交稿日是三月的第三个周二，我在三月的第二个周二开始重写，到第三个周二显然写不完，于是延期一周。

可是玉兰花恰恰在原定的交稿日开了。

我觉得它们盘算好了这一天一起开花，它们排练着。那一天，我刚刚交了稿子，神清气爽、精神抖擞地在路上骑自行车，它们散发魅力，一阵芳香扑鼻而来，然后我被它们的香气吸引，再与它们对视，感受到人世间大自然冥冥中的缘分、连接和力量。

然而，我没写完。

它们采取紧急措施，慌乱地重新安排一切，然而还是来不及，在我垂头丧气、饿着肚子、喘着粗气、骑着车的早上不可自制地开了。看到我过来，玉兰花们甚至有点儿紧张，它们做好了最坏的打算——也许今年就这样错过了吧。

由于我太累了，大口喘着粗气蹬自行车，玉兰花的芳香被我吞了一大口。

我停了车，站在树下给它们拍了照片。

临走前，它们在后面怯生生地叫住我说："加油，我们今天开，是鼓励你加油的意思！"

切，真会编，我什么都知道。

「不舍送的最后永远不会留下」　2015.2.21

写给未来的自己

月亮：

你好哇！

去年，我收到了一封十年前的来信，来自我自己，十四岁写给二十四岁。那封信让我想起了难挨的青春岁月，可读完后我只觉得振奋——如果十年前的我收到了如今的我的回信，她一定会受到鼓舞。我没让她失望，十年来，我大刀阔斧地改变，终于变成了她想要的样子，双眼皮，高鼻梁，北京、上海大城市。虽说由她到我这条路太崎岖了，坑坑洼洼的，但我还是到达了我。

于是，我决定每十年都写一封这样的信，给未来的自己。

所以，你好哇，月亮。不知道十年之后你是不是还叫这个名字。

现在我二十四岁，到秋天就二十五岁了。一想到读信的你已经快三十五岁了，我就吓得心慌，想要流泪。

我是非常非常怕老的，由内而外的恐惧。尽管现在的人看起来一点儿都不怕老，能够长长久久地保持漂亮、体面，可我还是怕，觉得人的一生是开口向下的函数图像，总有那么一刻是一生中再也无法到达的高光时刻，可身处高光时刻的自己却从来不知道最好的年华已经降临，而日后等待自己的，只有一条光滑平坦的无障碍的下坡路。

我希望我还在上坡，也希望你没在下坡上。

有很多很多问题想问你，我非常好奇。

你结婚了吗？跟谁？不会是我认识的人吧！命运真诡异。真怕你告诉我，你已经结了好几次婚。那你真是牛。

有孩子吗？男孩女孩？好看吗？不会是单眼皮吧？真是发愁！

……"哥哥""妹妹"我的两只宝贝猫咪，还在吗？我想象不到没有它们的日子是什么样子的，我要哭了。

爸、妈还好吗？

不能再问下去了，我马上就要哭了。

问题问完，我突然觉得，由我到你的这条路，一定也不好走吧，辛苦你了。

你必须是漂漂亮亮的，要比我现在更瘦，更加紧致挺拔，整个人要一丝不苟，皮肤也不能松弛。

我们是容易垮掉的那类人，现在我不到二十五岁，眼睛下方眉毛上方就出现了一些表情纹，嘴边也偶尔会有两坨肉伺机而动，时刻准备垂下来。为了提防它们，你一定花了不少钱、下了不少功夫吧，你做得对，该花、该费劲，你可千万不能让我的努力功亏一篑。

现在提笔写信的我，一只手里拿着全糖的百香果绿茶，另一只手上夹着烟。你一定会怪我。我跟你道歉，不好意思啊，在一两年内我把自己飞快地搞成了现在这样，疯狂摄入糖分、脂肪，植物纤维、蛋白质吃得很少，运动也做得少，搞得整个人很不健康，而且看起来也油乎乎的。

不过我向你保证，从明天开始，我就不喝饮料了，喝柠檬水——实际上柠檬水我已喝了一周了，今天是忍不住想喝糖水。而且最近我都有非常努力地用电子烟代替传统香烟，我要戒烟，为了你能有一个不拖后腿的好身体。

说得简单一点儿吧，我要你比我更漂亮。

有一点我十分确定，你一定不是自怨自艾、敌视一切的中年女人。

在有关过去的记忆里，委屈的事儿实在太多，渐渐地，我变成了一座孤岛，很多事儿无力改变，我便想出各种各样的解释去稀释其中的无力感。我在麦基的书里看到过一种理论，叫伊壁鸠鲁哲学——如果把幸福看作是从不吃苦，那么幸福就变得轻而易举。只要杜绝人生中的两大苦难来源——爱情和事业，那么挫败感也就渐行渐远。

有很长一段时间，我都是这么做的，可我还是感觉不幸，因为欲望无可避免。

麦基说，一个人所能承受的痛苦，与他能够享受到的幸福感是成正比的。

于是，我又重新开始横冲直撞了。尽管随着年纪渐长，我的力气越来越小，但我还是尽我所能地做着痛快的事儿。

我发现痛快与痛苦并不互斥，而且还掺着一种难以描述的快乐。

所以，我相信你一定没有时间沉浸在挫折与伤害中，你的体内还有好多好多的爱和渴望，释放出去一点儿，体内就又积攒起一点儿，这是一种可再生能源。

所以，如果正在阅读这封信的你是有老公和孩子的，那我真替你感到幸福。你大可以把这些积攒在身体里的热烈的能量喷射出去，用它包裹你自己和那些深深走进你人生的人们。

但这一定很累，我对分离深恶痛绝，好在现在留在我身边的人少之又少，因此我的忧心忡忡也并不多。

我的朋友索菲亚（希望她也是你的朋友）总说我："现在就担心这担心那的，不知道你以后有了孩子要担心成什么样子。"

是啊，光是想想"如果我有了孩子"这个假设，我就已经担心得整个心脏都揪到一起去了。他会从你的身体里爬出来，来到这个世界，带着薄薄的皮肤，张开眼睛，然后渐渐长大，爬高走低，学会说话，背着书包去上学，过马路，进学校，与别的小孩交朋友，学会读书看报，学会上网。光是想想，我就觉得害怕。在这个车水马龙的世界里，我生怕哪里刮来一阵邪风迷了他的眼睛，而我又不能去找那阵风算账。想想就觉得心碎！

你的担心一定不比我的少，但我希望你是一个别让他太紧张、能给他快乐的母亲——我真想不到，做了母亲的你会是什么样子，世界上突然有一个人过来管你叫"妈妈"，这是什么感觉啊！

但如果正在阅读这封信的你还没有孩子，那就更好玩儿了，你一定做了很多我想都想不到的好事儿。

你是不是把时间花在学习上了？比如到另一座城市或者另一个国家，花几年的时间去学习成为另一个人，这可真有意思！

不知道潜水资格证你拿到了没，仙本那肯定去过了吧？红海的水底也一定逛过一圈了吧？不知道那艘著名的二战沉船你看到了没，据说沉船上的马桶都长满了珊瑚。我希望你已经是一个资深潜水爱好者了。目前为止，我只去过一次海底，小丑鱼从我身边游过去，根本不搭理我这个来自另一个世界的外来客。外来客，我喜欢这种置身事外的感觉。

有句外国诗：贫穷而听着风声也是好的。

我已经听不到风声了，前几年还可以，这两年不行了。

尤其这两年，风声雨声已经不能吸引我了，我只对"风口"

着迷，生怕错失良机。

　　人变得越来越没劲了，但是有些事儿只有我做到，你才会有机会改变，对不对？

　　很多时间，都被我内耗了。

　　别人的事儿不归我想，自己的事儿我又想不明白，一直很纠结，搞不懂这到底是怎么了。

　　我常常会觉得痛恨，但不知道在恨什么。

　　今年过年回家的时候，我从大年初一的中午哭到了大年初四的早上，又从大年初五的中午哭到了元宵节，哭了整整一个春节。不知道是在为什么难过，但就是有很多眼泪，我觉得我受够了，尤其是当我待在老家那座城市的时候。

　　我不能原谅的事儿有很多，其中大部分来自童年，都是不起眼的人做过的不起眼的事儿。比如因为我穿了白色牛仔裤而跟在我身后笑我腿粗的男同学，比如撕了我的化学卷子再跟老师说我不交作业的课代表，比如分宿舍的时候大叫着不要跟我住在一起的女室友……

人生最靠前的那部分记忆是那么不堪，我放不下，时时被它们纠缠。而现在正在做的很多事儿其实也有复仇的性质在，就比如写这本书——2008年，学校的贴吧里有人骂我精神病，每天写小说，幻想以后能靠写作挣钱。这一句话我记了十多年，常常想起，不能忘怀，而且不断找机会回复那句话，尽管我至今都不知道那句话是谁说的。

这就是为什么当我打开十年前的来信的时候，当我和出版社签约出书的时候，我非常想哭，想穿越时空走到十年前的那个我的面前，让她好好看看我，我也好好看看她，然后走过去把她抱在怀里，在她耳边告诉她：放心吧，我绝不放过他们。

所以，我很希望打开这封信的你是轻盈的，心里没有恨的。我知道的，只有一个方法能让我们放下这些恨意，那就是做到，做到越走越远，做到我所说的一切。

据以往经验，事情没过去之前，我都是要死要活的，而事情一旦解决，我马上会指着曾经那个咬牙切齿的自己哈哈大笑：多大点儿事儿啊!

　　你大可以狠狠地嘲笑我，我希望你嘲笑我。

　　上周去健身房的时候，我发现了一个很不错的小区，心驰神往，进去问了租金。一个普通的两室一厅，租金在一万五以上，转念一想，每月花一万五租个房子，一年十八万，不如自己买一个，就算每月还贷，最终房子还是自己的。于是就胆大包天地问了售价，不包括装修，不包括杂七杂八，单纯把房子买下来，一千五百万以上。我两眼发直，就差往后一仰直接昏过去了。一千五百万啊，这钱到底怎么赚啊，除非我突然坐着火箭上热搜，成为第一网红，然后马上开淘宝，变成一个带货女王，每分钟卖出几万件产品，或者被上帝握住双手，写出几个超级牛×的故事并且马上走狗屎运把故事当大 IP 卖给影视公司，这才能买得起。靠我这点儿心理素质、这点儿可怜的天分，不知道要过几辈子才能买得起一个普普通通的两居室。

　　但每次想到你，我总觉得这在你面前不是问题，有可能你真的走了狗屎运，要么就是你想明白了这道题的解法。

我住在田林路上的这个只有四十平方米就要快六千元月租的房子里。写这封信的此时此刻，我在沙发上刨出一个坑坐进去，电脑没地方放，只能搁在腿上，抬眼望去，全是垃圾，没有下脚的地儿。在这样的环境里给你写信，心里想的画面却是读信的你已经住进了宽敞明亮又干净的房子，有大大的落地窗，坐在宽阔的大书桌前，"哥哥""妹妹"都变成了老猫，可仍然健康。如果真是这样，你一定要回信告诉我。

如果这一切都实现了，读到这封信的你一定会像读到十年前那封信的我一样兴奋，或者更兴奋。通常我兴奋的时候都会给妈打电话——我最好的朋友为数不多，妈是其中之一。任何一点儿小小的成绩，我都喜欢向她报告，就像小时候排名进步了或者考了满分。我向她报告时都是用跑的，她的那种骄傲满足的表情，特别小市民，但我喜欢看。

挂了电话，她一转脸就会跟爸说，爸没啥反应，就是满脸"还OK"的表情。不过前两天我给妈打钱的时候，妈说爸夸我了，他说他觉得我很有能力。

所以，我希望读完这封信你会很兴奋，然后自豪地打电话告诉妈，或者去隔壁找他们——我挺希望你把爸妈都接到你的城市。

愿望当然都是好的。

我上次接到妈的电话是上周，她说她陪爸去复查心脏的时候，医生说可能要重新手术，而重新手术的风险是非常大的，大到了很少有医生愿意接手的程度。所以现在，我们在等复查的结果，而摆在面前的可能性有四种：一是不需要重新手术，这是最好的；二是需要重新手术，手术顺利完成；三是需要重新手术，手术不顺利，开胸搭桥，然后成功完成；最后一种可能是最不好的，就是需要手术，手术不成功，开胸搭桥也不成功，结果可想而知。

为此，我担心了好几天，一想到就心惊肉跳，说白了，现在有四分之一的可能是我要失去我的爸爸。

"我要失去我的爸爸"，这八个字写出来我就哭了。

我很悲观，总把自己沉浸在最坏的可能性中。事实上，从两年前爸毫无征兆地心梗进了 ICU 开始，我就时时在做告别的准备。我常常晚上躺在床上想，那会是怎样的场面，那时那刻的我该用什么样的表情，每次想到一半我就泪流满面、泣不成声。这导致我警告爸妈没事儿不要给我打电话，有事儿也不要打，发微信就好了，我会飞快回复的。但如果有他们的电话打来，我的脑海里就会飞快地闪过无数种最坏的可能，然后心惊肉跳地接通，再长出一口大气挂断。

这太可怕了。

给你写这封信的时候，我想过很多很多东西，而最不敢想的就是关于他们的那部分。

还好人不是全知全能的，即使是，我也不愿意变成千里眼一眼望到未来。

世界的规律是让人绝望。

但我希望他们永远在我身边，吵架也好，彼此拉黑也可以，甚至他们像小时候一样打我都行，但我就是不想让他们跟我分离。

要哭了，要哭了。

说点儿别的吧。

之前有段时间，我快崩溃了，花了大价钱去找心理咨询师。她给我最大的安慰就是算了个命。

我说我好想死，活不下去了。

她指着我的八卦盘说："现在死了就亏了。你人生的前十二年一片空白，过去无可忆，但未来诚可期，瞧好儿吧！"

虽说不知道这东西准不准，她是不是骗我，但我还是立马精神抖擞、昂首阔步地走出了咨询室。

就像之前我说如果能够穿越时空走到十年前的那个我的面前，我一定会化最精致的妆，然后一把抱住她一样，如果此刻你穿越时空走进了我这个四十平方米的小房间，站在了蹲在沙发上的我的身边，我一定不敢回头看，我怕看见的是一个肥胖不堪、把所有辛酸都写在脸上的女人。

我希望你能拍拍我的肩膀给我壮壮胆，让我回头看见一个漂亮精致、比我美好不知道多少倍的、值得被仰望的女人，有着又厚又亮的黑色头发、紧致细腻的皮肤、平直的肩膀和纤细的小腿，以及轻快的动作和明亮的眼神。然后你抱住我的脑袋，轻声说："放下奶茶。"

哈喽，月亮，你好哇。

希望看到这封信的你听得到风声。

希望你别再为过去的事儿流泪，也不要对着爱人的后背忏悔。

希望你幸福、满足、潇洒、富足，当然，还有瘦、漂亮，以及健康。

石 月

2019 年 8 月 30 日